소금편지

| 소금 편지 |

지은이   문서영

초판 1쇄 인쇄   2004년 10월 11일
초판 1쇄 발행   2004년 10월 15일

펴낸 곳   나무의 꿈
펴낸 이   박진희
표지 디자인   아르떼
본문 디자인   김성엽

등록번호   제10-1812호
주소   서울특별시 마포구 상수동 171번지 1층
전화   02-332-4037~8
팩스   02-332-4031

정가 9,000원
ISBN 89-91168-07-8   03810

잘못 만들어진 책은 구입하신 서점에서 바꾸어 드립니다

소금편지

문서영 지음

나무의 꿈

지구에 혼자 있는 사람들을 위해

아주 먼 별에서 그녀가 틀어주는 작은 채널!

여행, 만남, 사랑, 행복, 그리고
인생의 표지판을 가르쳐주는 이야기!

"믿음으로 홀로 하고, 사랑으로 함께 하라."

사랑을 피해 다닌 시간, 건조한 마음과 지친 일상, 눅눅했던 내 마음의 오아시스는 '혼자서 떠나는 서른 살의 비행기 티켓'과 '어디서든 날 지켜 줄 신에 대한 믿음'이었다. 혼자 떠나는 서른 살의 여행… 그건 내게 마지막 희망이었다.

그리고 난 낯선 여행지에서 친절을 나눌 수 있는 마음의 사람들을 만나고 돌아와 내 인생을 돌아보게 되었다. 그 속에서 난 달라진 나의 내일을 보았다.

혼란 속에 떠난 여행의 끝에서, 내가 왜 이 지구 별에 살고 있는지… 큰 사명은 아니더래도 작은 소명 정도는 알고 싶었다. 그 여행 속에서 난 스스로를 되돌아볼 귀중한 시간을 가졌고, 내가 살아야 할 이유를 찾고자 했다.

거창한 답변이 아닌 소박한 사랑이 그 대답이었다. 그리고 난 그 여행의 끝자락에서 마음의 문을 열기 시작했다. 사소한 것에 감사하고, 내 하루를 아끼고, 내 자신을 사랑하는 것… 그런 마음으로 난 내 소중한 것을 아끼고 사랑하리라.

세월이 지나면 수많은 것들이 바뀌지만, 태초부터 지금까지 바뀌지 않은 것, 없으면 살아갈 수 없는 것, 세상에서 인간에게 허락된 가장 큰 에너지는 변치 않는 소금 같은 사랑이었다.

여행지에서 때로는 일상에서 친한 친구에게 편지를 쓰기 시작했고, 한 통… 두 통… 쌓여 갔다. 그것이 내겐 소금 편지였다.

세상은 결국 함께 사는 것이다. 미워하는 사람을 용서해 보니, 오히려 나의 에너지는 쓰고 남을 만큼 충만해져 있었다. 없으면 한 걸음도 걷기 힘든 사랑과 사람들이 만든 문화, 그리고 실화, 그 속에서의 사랑 이야기를 풍부하게 전하고 싶었다.

내 가장 친한 사람에게 나의 모든 것을 담아 주고 싶은 마음으로 이 편지들을 엮어 보았다.

마음을 열고, 나 자신을 사랑하고 세상을 사랑의 에너지로 보면서 나의 인생은 달라졌다. 이 소중한 경험을 같이 나누고 싶다. 이 글이 일요일 오후의 티타임처럼 마음의 산책이 되길 바라며, 당신의 생일에 이렇게 말하고 싶다.
"당신의 인생에 건배! 태어나 주어서 고마워."라고.

매화는 일생 추워도 향기를 팔지 않는 것처럼 나는 일생 힘든 순간에도 사랑을 등지지는 않겠다라는 마음으로 이 문화 속 사랑의 글들을 내 소중한 친구, 선배, 후배, 가족 그리고 내 하나인 사람에게 바치고 싶다.
이 책이 나오도록 도와주신 여러분께 감사드리며, 이 모든 걸 가능케 하신 하나님께 감사드린다.

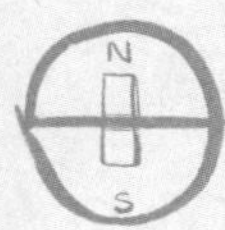

여행

문학

음악

미술

영화

내 마음의
영화 여행

타우포에서 번지 점프를 하다

세상에 태어나 죽을 때까지 몇 번이나 사랑을 할 수 있을까? 넌 내게 말했지. 사랑은 잊어야 얻을 수 있다고, 그래야 살아갈 수 있다고, 사랑도 사람도 그렇다고. 물론 맞는 말이야, 공감하고…. 그래도 평생에 한 번쯤은 아무리 애써도 잊혀지지 않는 그런 사랑을 해보고 싶어. 어떤 것으로도 희미해지지 않고, 애써도 지울 수 없어 인정해버리는… 그런 단 하나의 사랑 말야.

난 지금 뉴질랜드의 북섬에 있는 '타우포'라는 곳에 있어. 이곳을 오는 길엔 《번지 점프를 하다》란 영화를 맘에 두고 있었지만, 사실 내가 이곳을 목적지로 삼은 것은 누군가에게 들었던 말 때문이었어.

한 사업가가 운영하는 회사가 망가지고 위기에 처했을 때 이곳에 왔다고 해. 그리곤 훌쩍 뛰어내렸대. 그렇게 그는 바닥에서 시작할 용기를 얻었다고 하더라. 번지 점프만큼이나 사는 데도 용기가 필요한 거 같아. 사랑할 용기도, 사랑을 잊을 용기도 말야.

번지 점프를 하는 미션을 완수하리라 큰소리는 쳤지만, 사실 이곳에 오기 전까지는 자신이 없었어. 그런데 막상 오니 망설이던 맘이 오히려 싹 바뀌었어. 광할한 자연 속에 떨어질 듯한 절벽과 깊은 바다에 비친 맑은 하늘이 마치 조나단이 첫 비행 연습을 하듯 내게 특별한 경험이 될 거란 확신을 주었지. 그래서 앞서 줄서 있는 뉴질랜드 학생들과 농담을 나누며 생각보다 여유롭게 내 차례를 기다렸어.

내 차례가 오고, 양쪽 발목에 끈을 확실히 조인 다음 그 사이에 지탱해 주는 자물쇠를 걸었어. 그리고 내게 여러 가지 질문을 하고 관심을 보였던 뉴질랜드 번지 대원의 조언을 들었지. 내가 새처럼 멋지게 날고 싶다고 하니까, 등을 곧게 펴고 손을 모으는 동작을 가르켜 주더군.

하지만 정작 바로 뛰어내리는 그 자리에 섰을 때, 나는 엄청 겁을 먹고 말았어. 그리고 "3, 2, 1 BUNGY(번지)"

하는데, '세상에, 어떻게 여길 내가 뛰어내리겠는가' 싶고, '밑으로 내려갈 수 있게 등이라도 밀어 주지'란 생각이 들기까지 했어. 난 사랑에서도, 번지 점프에서도 아주 작은 심장을 가진 겁쟁이였던 거야.

두 번쯤 망설이자 뒤에 있는 대원들과 뉴질랜드 사람들의 "Fighting! Fighting! You can do it!(파이팅! 넌 할 수 있어!)"이란 소리가 함성처럼 들렸지.

나는 그 순간, 사지를 절단하고도 12마일이나 되는 이리호를 14시간 20분 동안 종단한 열다섯 살의 장애인 소녀를 떠올렸어. 그녀는 수영했고, 자신의 한계를 극복했지. 왜 참가했냐는 질문에 "내가 스스로 이 목표를 이루면, 앞으로 살아가면서 맞닥뜨릴 다른 것들도 이룰 수 있다고 생각했어요"란 그녀의 대답을 떠올렸어. 그래 난 나를 믿고 세상을 믿는다! 그렇게 다짐하며 "I can do it(나는 할 수 있어)!"이라고 외치며 뛰어내렸지.

살면서 가장 힘들 때 고층 빌딩의 창가에서 '아, 저 밑으로 뛰어내려 내 흔적이 없어졌으면 좋겠다'란 맘을 먹은 적이 있었어. 하지만 한 번도 뛰어내리지 못했지. 그때는 나를 지켜내지 못한 주변 사람들에 대한 죄책감 때문이라고 생각했는데, 나는 오늘 번지 점프를 하면서 느껐지. 그 어떤 핑계도 아니고, 뛰어내릴 용기와 나를 말려 줄 사람이 있다는 확신이 없었던 거야.

눈을 질끔 감고 뛰어내리면서 몸이 붕 뜨는 느낌이 들었을 때 '아, 바람이 시원하다'라고 느꼈어. 그렇게 눈을 떴는데, 공기와 함께 느껴지는 하늘 풍경이 내 앞에 펼쳐지고, '아! 새가 하늘을 처음 나는 기분은 이런 걸까'란 생각에서 '나를 세상 속에서 지탱해 줄 수 있는 이 끈은 사랑이 아닐까'란 다소 낭만적인 생각까지 이어지는데… 반동으로 다시 끈이 올라갔다 내려갔다를 반복하며 더 큰 공포감을 주더구나. 그제서야 난 소리를 질렀어. 그리고 거꾸로 매달린 채 마지막 난관인 보트의 봉을 잡아야 했지. 아무것도 보이지 않는데, 그 순간이 더 아찔하더라.

보트로 이동한 후, 긴 산책길을 혼자 걸어와야 했어. 그동안 참 많은 생각이 들더라. 그동안 그리도 많이 결심했건만 마음 속 합리화에 '겁쟁이의 비상구'를 만들어 놓은 건 아닌지… 이젠 내 자신이 또 그럴 때마다 이 순간을 기억하며 정면 돌파할 거란 작은 다짐을 했지.

《번지점프를 하다》란 영화의 끝장면에서 넌 주르륵 소리없이 눈물을 흘렸지. 못 본 줄 알았겠지만, 난 소리없는

너의 눈물을 가슴으로 삼켰어. 한 남자를 믿고 의지한 네
가 이별 앞에서 흘리는 눈물은 이상하게도 내게는 참 이
뻐 보이더라.

　사랑을 몇 번 했느냐가 중요한 것이 아니라, 이어질 수
있는 단 한 번의 사랑을 했느냐, 할 마음의 준비가 되어
있느냐가 중요한 거 같아. 내 모든 것과 바꿀 수 있는 그
런 사랑을, 사람을 말야. 사랑에도, 세상에도, 번지에도,
용기가 필요하다는 거 우리 잊지 말자!

　　몇 번을 다시 태어난대도
　　결국 진정한 사랑은 단 한 번뿐이라고 합니다.
　　대부분의 사람은 한 사람만을 사랑할 수 있는 심장
　을 지녔기 때문이라죠.
　　인생의 절벽 아래로 뛰어내린대도
　　그 아래는 끝이 아닐 거라고 당신은 말했었습니다.
　　다시 만나도 사랑하겠습니다.
　　사랑하기 때문에 사랑하는 것이 아니라
　　사랑할 수밖에 없기 때문에 당신을 사랑합니다.

《번지점프를 하다》 중에서

여행지에서의 사랑

여행을 떠나기 전에는 항상 이 영화를 다시 보곤 해. 여행지에서 만난 두 남녀의 짧은 사랑을 그린 비포 선라이즈 (Before Sunrise)…. 영화를 보면서 공상을 할 수 있다는 것은, 일상의 큰 즐거움 중 하나인 거 같아. 나른한 봄날의 낮잠처럼 말야. 영화를 보면서 가끔 일상에서 지친 나를 구제하곤 해. 내 상상의 나래의 끝이 어디인가 시험하듯, 정말 다양한 역할과 포지션이 되어서 영화 속 인생을 즐기지.

어제 후배 하나가 묻더군.

"선배는 사랑이 무어라고 생각해요?"

어제는 선배란 위치에서 오는 중압감으로 얼버무리며 멋있는 말로 대답한 거 같아. 겨우 하루가 지났을 뿐인데

내가 무어라고 했는지 잘 기억도 나지 않거든.

　오늘은 이 영화를 보면서 그런 공상을 해보았어. 그 후배가 다시 내게 같은 질문을 한다면, 나는 무어라고 이야기해 줄 수 있을까. 이 영화의 주인공 제시처럼 말할 수 있을까?

　"하나뿐이었던 영혼이 환생을 거듭하여 조각조각 분리되어 현재의 인구에 이르렀지. 따라서 사랑이란 조각난 영혼들이 하나로 합쳐지는 과정인 거야"라고 말야.

　사랑이 무얼까? 사랑을 감히 정의 내릴 수나 있을까? 하지만 사람의 생김만큼이나 사랑은 모습도, 언어도, 형태도 정말로 다양한 거 같아. 정말 이 사람 아니면 죽어버릴 것 같은 열병일 수도 있고, 오랜 이성친구에게서 문득 느껴지는 사랑과 우정 사이의 묘한 감정일 수도 있고 말야. 하지만 분명한 건, 사랑이란 감정을 느낀다는 거— 그것은 내가 살아 있다는 증거인 거 같아. '사랑받는 이보다 사랑할 수 있는 이의 행운이 더하다'라는 다소 일반적인 그런 거—.

　아무튼 자신이 어릴 적부터 공상해 왔던 사랑의 모습이 현실로 나타난다면, 그건 로또 1등 당첨과도 바꿀 수 없는 행운인 거지.

이 영화를 보면서 즐거운 것은, 무던한 도덕 교육과 사회화로 현실에서 이루기 어렵거나 다소 무리인 낭만적인 사랑을 꿈꿀 수 있다는 거야.

언젠가 한 친구가 그러더군. 자기는 연애 감정이 좋다고. 과학자들은 사랑을 일종의 '두뇌의 화학 작용'으로 보고 있는데, 호르몬 분비 작용을 통해 상대방에게 열정적이 되기도 시들해지기도 한다는 거야. 연구 결과에 따르면, 남녀간의 가슴 설레는 사랑은 18~30개월 동안이라고 해. 그렇다면 남녀가 만난 뒤 2년이 지나면 더 이상 호르몬이 나오지 않는다는 걸까?

만약 그것이 과학이라 하더라도 내게는 예외였으면 좋겠어. 나는 정말 낭만적인 사랑을 지향하니까! 육체적인 호르몬은 감소된다 해도 정신적인, 시간의 깊이로 생길 수 있는 '신뢰의 호르몬'이라도 생성될 거라고 믿어. 사랑의 유효 기간을 단 30개월로 두는 건 너무도 슬프지 않니? 처음 만난 그때의 긴장감으로 살아가야 한다면, 난 아마 바싹 말라 죽을 거야.

결국 모든 남녀가 바라는 것은 '편안함'일 수도 있지 않을까?

비엔나로 가는 열차에서 만난 낯선 젊은 남녀가 여러 대화를 나누게 되고, 비엔나에서 하루를 같이 보내지. 그리고는 6개월 후에 다시 만나자는 약속을 해. 영화는 여기서 끝이 나고, 관객들은 두 사람의 재회를 꿈꾸며 일어서지. 그런데 나는 말야. 이 둘이 만나지 않았으면 해. 그게 더 해피엔딩일 거란 생각이 들어.

암튼 이번 여행에서는 이 영화에서 나온 곳들을 가고 싶더군. 물론 유럽 열차도 타야지. 식당칸에서 에스프레소라도 마시면서 말야. 베토벤, 슈베르트, 브람스, 모차르트, 요한 슈트라우스 등, 이 도시 출신 음악가들이 묻혀 있는 중앙 묘지에도 가야지. 작은 꽃다발이라도 사서 그들에게 인사하고 오고 싶어. 그리고 묻고 싶군.

"사랑이란 뭔가요?"

파이란

"지금 당장 죽는 것보다 더 두려운 것은, 사랑을 모르는 채 죽을 거라는 공포이다."

이 영화를 보면서 영화《안나 카레니나》의 첫 부분에 등장하는 대사가 생각나더라. 너는 이 대사를 들을 때마다 사랑의 위대함과 사랑에 대한 동경을 느끼곤 한다고 했지. 그래, 사람이 제일 두려워하는 건 죽음이야. 근데 그보다 더 두려운 건, 사랑 한 번 못해 보고 죽는 거지.

당신 덕분에 여기서 일할 수 있습니다. 결혼해 주셔서 감사합니다. 이곳 사람들은 모두 친절합니다. 그러나 당신이 가장 친절합니다. 잊어버리지 않도록 보고 있는 사이, 당신을 좋아하게 됐습니다.

삼류 인생이라는 강재의 삶… 라면 봉지 가득 쌓여 있고, 씽크대에 볼일을 보는 깡패도 못 되는 양아치. 누구라도 그렇게 살고 싶지 않을 삶을 사는 강재에게 감사하다고, 친절하다고, 좋아하게 되었다고 말하는 여자. 그 여자는 왜 그리 깨끗해 보이는지… 이런 감정을 뭐라고 해야 되는지 모르겠어.

내 삶이 아주 가치 없어 보일 때, 내 육체와 영혼이 공기처럼 사라져 버린단 생각이 들 때― 그때 나를 구원할 수 있는 건, '사랑한다'라는 말 한마디가 아닐까 싶어.

세상은 누구에게나 공평하진 못한 거 같아. 내가 지겨워하고 있는 현실이 다른 이에겐 부러움의 대상일 수도 있다는 걸 생각해 본 적 있니?

《파이란》을 보고 그냥 눈물이 나왔어. 《파이란》을 보면, 엉엉 우는 게 아니라 의식 없이 눈물이 한 방울 또로록 흘러. 근데 참 아프다…! 난 지금 '파이란' 때문에 울고 있어.

부모님도 돌아가시고 피붙이 하나 없는 타국에서 갈 곳 없이 방황하는 파이란에게, 강재의 존재는 세상을 살

아가는 힘이었을지도 모르지. 책상 위에 놓여진, 그의 웃
는 사진을 보며 하루의 피로를 풀어 버리는 파이란. 보이
지 않는 한 사람에 대한 맹목적인 바라봄은 어리석지만,
그녀에겐 그것이 사랑이었지 않을까.

만나지 않아도 된다, 항상 손을 잡고 있지 않아도 된
다, 나에게 진정한 사랑이라면 서로 떨어져 있어도 그 사
람을 떠올리며 행복할 수 있다… 라는 것.

힘든 세상에 한 군데 의지할 곳이 생긴다는, 그 사실이
'사랑'이 될 수 있는 것인지도 몰라.

한 후배가 있어. 그녀는 영어 채팅으로 먼 나라의 한
남자와 짬짬이 대화를 했어. 처음엔 가끔 출장을 가니 영
어 공부에 도움이 될 거라고. 그런데 그 남자와 사랑에
빠지고 말았지. 몇 달 후, 그가 그녀를 찾아 한국으로 왔
어. 나는 내심 그 남자를 경계했지. 우리나라 사람도 아
니고, 중국계 미국인이었거든.

그런데 그 후배가 나를 찾아와 말하네. 그 사람을 믿는
다고. 후— 말려야 하나마나 생각중이었는데, 그녀가 수
줍은 듯이 말하는 거야.

그 사람에게 서울 구경을 시켜 주고 묵는 호텔에 갔었

대. 일에 구경에 너무 피곤해서 잠시 잠이 들었는데, 깨어 보니 새벽이더래. 감동인 건, 그녀가 깰까 봐 그 남자는 다섯 시간 전에 바쳐 준 팔을 그대로 하고 밤을 샜다는 거야. 그 남자의 마음이 스테파네 아가씨를 보는 양치기 소년을 생각나게 했지. 오랜만에 알퐁스 도데의 『별』처럼 순수하고 아름다운 사랑을 만난 듯했어.

둘은 결혼을 약속했고, 가끔 주위에서 둘이 어떻게 만났냐고 물으면 웃음으로 얼버무리곤 한대. '채팅으로 만났다'고 하면 둘의 사랑이 가벼워질까 봐… 그게 싫대.

컴퓨터로 대화를 나눈 것만으로 사랑이 싹터서 연인이 되는 사람들이 의외로 많더군. 처음에 난 그런 사람들을 보면 이해가 안 됐어. 얕은 사랑이라며 비웃기도 했지. 하지만 영화 《파이란》을 보고 나서, 또 그 후배 생각을 하면서 '아-, 그럴 수 있겠다' 싶어. 사랑은 꼭 옆에 있어서 생기는 건 아닌 거 같아. 같이 공감하고, 느끼고, 얼마나 그리워할 수 있느냐… 그런 것이 아닐까 싶어.

우리가 꿈꾸는 사랑이란 게 결국 서로에게 힘이 되어 주고, 살아가는 이유가 되어 주는 것 아니겠어?

"늦어서 미안해요. 당신의 꿈 속으로 달려오던 중 은하수에서 그만 길이 막혔어요(Excusez-moi d'avoir retarde votre reve, il y avait un tel encombrement sur la voie lactee.)"

림란 헤몽 페네의 작품이 떠오르는군.

사랑은 뇌 속에서 진행되어 마음의 원대한 꿈을 속삭이는 듯해. 파이란에게 강재도 그런 꿈을 꾸었겠지?

아무튼 사랑은, 세상 사람들이 다 그를 손가락질해도 나만은 그의 진정한 팬이 되어 줄 수 있는, 나를 던질 수 있는 용기가 필요하단 생각이 드네.

양아치 강재가 양복을 곧추 차려입었을 때, 그 짜릿한 슬픔을 기억하며!

여인의 향기

걷기 위해 걸어 본 적이 있니? 난 오늘, 휴일 아침의 단잠을 포기하고 무작정 걷기 위해 길을 나섰어. 어디를 가기 위해서가 아니라, 걷기 위해서 걷는다는 게 생각보다 재미있더라. 내 신발에게 말을 걸었지. "어디로 가니?" 하고. 그랬더니 "네 마음 닿는 곳에 데려갈게" 하는 거야. 그리고는 내게 힘을 주더군. "나른한 하루는 나른하게 보내. 힘이 들면 굳이 애써서 힘을 낼 필요는 없어! 지금 그대로가 좋아. 실수는 인간다운 거고, 그게 바로 인생이야"라고 말야.

이런 날은 내 영혼이란 숲에 나무 하나 심어 주고 싶어. 이런 작업 중 하나가 아주 나른하게 누워서 좋아하는 옛 영화를 보는 거야. 누군가 내게 "휴일날 뭐했어요?"라고 물으면 마음과의 여행을 떠났었다고 해야지.

난 '천천히 빨리'란 말을 좋아해. 이탈리아 여행 중 한 피아노 전시관에서 보았던 문구였는데, 요즘같이 '빨리의 세상'에서는 '천천히의 세상'을 동경하지만, 두 단어가 오묘하게 조화되는 세상이야말로 이상적인 게 아닐까?

난 산책도 좋아하지만 무엇보다 격정적인 댄스를 좋아해. 솔로라틴댄스와 밸리댄스를 배웠는데, 같은 춤이지만 참 느낌이 달라. 라틴댄스는 박자에 맞추어 추다 보면 규칙적인 활기가 나고, 밸리댄스는 자신이 천성 여자라는 걸 느끼게 해주지.

마땅히 같이 할 사람도 없고 해서 주로 혼자 추는 춤에 관심을 두었는데, 오늘 《여인의 향기》를 다시 보면서 둘이어야만 가능한 '탱고'를 참 배우고 싶더라. 남녀의 몸이 밀착될 만큼 감정적이면서도 우아한 그 춤을 말야. 알 파치노와 한 매력적인 여자가 〈Por Una Cabeza〉라는 탱고곡에 맞추어 춤추는 장면을 몇 번이고 리모콘으로 돌려 보았어. 내가 나중에 결혼하게 되면 내 남편을 설득해서 꼭 추고야 말겠다고 생각한 장면이야.

아무튼 서정적인 동시에 격정적인 탱고는 참 매력적이

고, 그만큼 이 영화도 볼수록 매력이 있어.

장님이 되어 버린 퇴역 장교는 여자를 향기로 정확히 판단하곤 했어. 비누 냄새마저 기억하는 그를 보며 남자에게 여자는 향기로 기억된다는 게 실감나더군.

로마 제국을 멸망의 길로 이끈 이집트의 여왕 클레오파트라의 이야기가 떠오르네. 이집트를 정복하러 온 로마의 왕 시저와 영웅 안토니우스를 한순간에 무너뜨릴 수 있었던 건, 그녀의 매력과 함께 즐겨 사용한 향료 덕이 컸다는군. 그녀는 사향(musk)을 최음제로 즐겨 사용했다고 해. 이 향을 자신의 배에 뿌려 놓아 그 향기를 통해 뭇사내들의 마음을 가져가 버렸다는 거지.

황제 나폴레옹을 사랑의 노예로 만든 조세핀도 역시 향수를 좋아하는 여인이었다고 하더군. 그리 뛰어나지 않은 미모로 나폴레옹을 사로잡은 그녀의 매력을 사람들은 궁금해 했지. 하지만 세상에 거저 얻어지는 건 없어. 조세핀은 자신이 결코 미인이 아니란 사실을 알았지. 그렇게 스스로를 잘 알고 화장법, 표정과 행동을 연구해 자신을 빛나게 하는 법을 알았던 거야.

그러나 그녀가 나폴레옹을 사로잡은 이유는 바로 '사랑의 마약'인 사향 때문이라고 하더라. 그녀가 죽은 지

70년이 지나도록 그녀가 사용했던 침실에서 그 향이 남아 있었다는 걸 보면, 남자에게 여자의 향기가 어떤 줄 알겠지?

친구, 우리 내일 만나서 향수 가게에 같이 갈까? 우리의 매력을 발산시킬 수 있는 자기만의 향을 찾으러 말이야.

실수를 해서 스텝이 엉키면, 그게 바로 탱고라오(If you make a mistake, if you get all tangled up, you just tango on).

영화의 한 대사처럼 우리 자신의 인생에도 좀 넉넉해질 필요가 있어. 누구보다 자신을 용서하고, 삶을 긍정적으로 바라보고, 바쁜 세상에서 '천천히 빨리'를 되뇌이며 산다면… 이 세상도 그리 나쁘지만은 않아.

내 인생에 없는 것 하나

<u>결혼한 선배에게</u> 물었어.

"결혼한 사람들은 바람을 쉽게 이야기하던데, 선배는 바람 안 필 자신있어요?"

그랬더니 이렇게 이야기하며 웃었어.

"어릴 때 이쁜 인형을 보면 가지고 싶어서 안달이지. 그런데 막상 그 인형을 가지고 놀다 보면 금세 질려 버려서 방구석에 버려두곤 하지. 하지만 나이가 들면 물건 하나를 고르더라도 명품을 고를려고 애써. 쉽게 물건을 사지도 않고, 사게 되더라도 항상 잘 보이는 곳에 두고 자랑스럽게 그 물건을 보지. 난 너무 어리지 않은 나이에 결혼해서 명품을 골랐거든. 그래서 난 바람 피지 않을 자신이 있어."

그러면서 선배는 《러브 어페어》란 영화를 추천해 주더군. 사람마다 다른 모양의 사랑을 하겠지만 말야. 선배의 그런 점이 난 참 좋아.

한 사람을 만나고, 그 사람을 위해서 자신을 죽이는 것— '인생은 B(birth)와 D(death)사이의 C(choice)다'라고 한 사르트르의 말이 생각나는군.

《러브 어페어》에선 천하의 바람둥이 남자가 자신을 송두리째 버리고 싶은 여인을 만나면서 자신의 본성을 찾고 운명적으로 풀어 가는 이야기야. 찰리 채플린이 "우나 오닐을 좀더 일찍 만났다면 사랑을 찾아 헤매는 일은 없었을 것이다. 세상의 단 한 사람에게만 느낄 수 있는 것이 바로 사랑이다"라고 했던 것과 같은 맥락인 거지.

이 영화에서 가장 감동적이었던 건 두 여인의 대화 장면이야. 여든여섯의 나이에도 섬에 홀로 사시는 그의 고모와 그녀의 간결하면서도 의미 깊은 대화 말이야. 할머니가 물었어.

"행복해?"

"원하는 걸 다 가졌으니 그렇다고 봐야겠죠… 틀렸다고 보세요?"

"그런 얘긴 안 했어. 철없는 생각이긴 하지만, 인생은 소유가 전부가 아니라 지속해서 그것을 원하느냐야."

"결혼생활은 얼마나 하셨어요?"

"난 아직 기혼이야. 남편이 죽은 지 12년이 됐지만, 그래도 난 아직 기혼이지."

그 말이 그녀의 귓가에 조용히 맴도는 듯했지. 할머니와의 대화, 그리고 할머니의 피아노 연주와 그녀의 허밍이 조화를 이루어 둘의 마음을 조용히 하나되게 하지.

'인생에서 최고의 성공은 무엇일까'를 생각하게 하는 참 아름다운 영화였어. 그녀가 태어나지 않았다면, 그도 태어날 이유가 없는… 세상에 하나밖에 없는 반쪽처럼 말이야.

만약 내일 네 인생이 끝난다면 넌 무얼 하고 싶니? 세 가지만 이야기해 봐. 그리고 그걸 당장 해보는 거야. 나도 그렇고, 너도 그렇고… 우린 정말 중요한 일을 하찮게 내버려두는 경향이 있어. 인생이 마냥 지속되는 것처럼 말야.

뉴욕 월드 트레이드 센터에 부딪힌 비행기를 타고 있던 남자가 비행기에서 핸드폰으로 집에 전화했다는 이야기가 떠올라. 자신의 죽음을 눈앞에 두고 급하게 전화를 건 그는, 세 명의 납치범들에 의해 비행기가 납치당했다며, 어머니와 아내에게 이렇게 말했다고 해.

"In case I don't see you again, know that I love you so much(혹시라도 다시 못 보게 되면, 당신을 얼마나 사랑했는지 기억해 줘요)."

납치한 사람들이 누구냐는 가족의 질문에도 그는 이 말만 되풀이했다고 해. 마지막 대화임을 직감한 그에게 그런 건 이미 중요한 일이 아니었던 거야. 아수라장이 되어 버린 마지막 순간, 그들이 전화를 하고 싶었던 유일한 한 명은 누구였을까?

우리는 현재의 소중함을 모르고 수없이 많은 기회를 지나쳐 버리고 있는지도 몰라. 오늘은 여러 날을 함께 살아서 익숙해져 버린 가족에게 가장 소중한 한마디를 하고 싶어. 사랑한다고… 그리고 고맙다고.

당신은 내게 완벽해요

"자신의 단점을 깊숙히 숨겨 두지 말고 햇볕을 쏘이게 하라. 그래야 그 단점이 광합성을 하여 꽃을 피울 수 있다."

누군가에게 들은 이 말이 기억나는 영화 한 편을 보았어. 사람이 얼마나 솔직할 수 있다고 생각하니? 살면서 얼마나 많은 거짓말을 하게 될까? 때로는 스스로를 속이고 합리화하려 하지. 이제 내 거짓말을 마음 속에 숨기지 않고 저 하늘 보고 가져가라고 하고 싶어.

누군가 물었어. "그동안 좋아했던 사람이 몇 명이니?" 그래서 난 1분을 생각하고 대답했어. 한 명이라고. 그런데 그 사람 놀라드라. 지금껏 단 한 명을 좋아했다는 사

실에 말야. 그게 놀라운 사실이라면, 나 내 마음을 햇볕
에 쏘이지 않은 거겠지? 그렇다고 억지로 생각하진 않겠
어. 1분이란 시간은 지나온 나의 감정을 생각하기에 그
다지 짧지 않았으니까.

이야기 하나 해줄까?

좋아하는 한 쌍의 남녀가 있었어. 썩 잘 어울리는 그 커
플은 홈페이지를 만들고, 거기에 둘의 추억을 모아 갔대.
사람들은 그곳에 부러움 30%, 궁금함 30%, 시샘 30%로
'즐겨 찾기'를 하고, 자주 들어와 보곤 했대. 흔적도 남기
지 않고 말이지. 그런데 그 둘이 그만 이별하고 말았다네.

그래도 사람들은 '즐겨 찾기'를 통해 들어와 봤대. 한
동안 업데이트가 없다가 6개월이 지나고 나서 업데이트
가 된 걸 볼 수 있었는데, 거기엔 아직도 사진과 사연들
이 업데이트되고 있었대. 그 남자는 그녀를 보냈지만, 마
음 속으로는 붙잡아 놓았던 거야. 그 모습을 본 친구들이
그녀에게 연락을 했고, 설득을 했다고 해. 그녀는 홈페이
지로 들어가 메시지를 남겼대. "내게 연락 한 번 안 하고
이게 뭐야?" 그랬더니 그는 "언젠가 다시 여기에 올 줄
알았다"고 하더래. 그 둘은 사람들의 바람대로 다시 홈
페이지를 가꾸어 가고 있다고 해. 때로는 솔직함이 무기

가 되는 거 같지 않니?

난 어릴 적 기차를 좋아했고, 커서는 비행기를 동경했어. 그건 아마도 어딘가로 떠나고 싶었던 게 아닐까.

첫 장면과 마지막 장면이 공항을 배경으로 한 작품이 있지. 크리스마스 4주 전에 시작되는 크리스마스 로맨틱 판타지가 담긴 따스한 《러브 액츄얼리(Love actually)》. 다양한 관계와 사랑을 담은 이 영화가 마음에 들었어.

'사랑은 세상 어느 곳에나 있다(Love Actually is all around world)'라고 말하는 이 영화 안에서 난 웃고 울었어. 여러 종류의 사랑으로 인한 감동 때문에 울 수밖에 없었고, 열한 살짜리 꼬마가 의붓아버지에게 "사랑보다 더 큰 고통이 있나요?"라는 질문 때문에 웃을 수밖에 없었지.

한 남자가 대문을 두드리고 있어. 지금은 친구의 부인인 된 자신의 사랑에게 고백을 하려고 하지. 우연히 자신의 감정을 그 여자에게 들켜 버린 남자는, 쥐구멍에라도 들어가고 싶었지만 용기를 내었지. 오늘은 크리스마스이고, 그는 크리스마스를 빌어 어색하게 들켜 버린 그의 사랑을 고백하고 용서받기 위해 지금의 자리에 선 거야. 인

정받지는 못하더라도 불편해 하는 그녀의 마음을 편하게
해주고 싶었던 거지.

　그녀가 얼굴을 내밀었을 때, 그는 그녀에게 평온한 얼
굴로 자신이 준비해 온 도화지 속의 사진과 글씨로 자신
의 마음을 이야기해.

with any luck By next year

I'll be going out with one of these girls

But For Now Let me say

without Hope or Agenda

Just because it's Christmas

And at Christmas you tell the truth

To me you are perfect

And my wasted heart will come you

until you look like this

MERRY CHISTMAS!

운 좋으면 내년쯤엔

나도 이들(유명 여배우 스크랩) 중 한 명과 사귈지도 모르죠

하지만 지금은 고백할래요

내 희망 사항을

크리스마스잖아요

거짓말하면 벌 받잖아요

내게 당신은 완벽해요

가슴 아파도 당신을 사랑할 거예요

이런 모습(쭈그렁 할머니)이 될 때까지

메리 크리스마스!

친구의 여자를 사랑한 것은 죄일 수 있지만, 안 되는 마음을 숨기고 혼자 애태웠던 시간들조차 유죄가 될 수는 없다는 생각이 들어. 특히나 그의 크리스마스 고백은 절묘했지.

"내게 당신은 완벽해요!" 그리고 그는 돌아서서 말하지. "이걸로 충분해(enough)"라고.

어색했던 감정이 크리스마스로 해결되는 순간, 솔직함만이 무기가 아닐까? 그렇게 명쾌한 기분을 줄 수 있다는 거 말야.

그는 알까? 그의 솔직함이 그녀의 심장에 마음의 단어를 새겼다는걸.

사랑과 우정 사이

<u>친구,</u> 넌 이성간에 우정이 있을 수 있다고 생각하니?

해리와 셀리는 무려 12년이라는 긴 시간 동안 만나고 헤어짐을 반복하면서, '남녀간의 친구가 가능한가'라는 주제를 가지고 논박을 벌이다가 결국 그 우정을 바탕으로 진실한 사랑에 골인하게 되지. 특히 맥 라이언이 레스토랑에서 오르가슴에 다다른 상황을 재현하는 대목은 명장면으로 꼽을만 해. 이 영화는 무엇보다 솔직한 대사들이 맘에 들더라.

이 주제를 놓고 여러 사람에게 물어봤어. 찬반이 팽팽한 가운데 '존재한다'와 '택도 없는 소리'라는 게 반반이야. 내가 보기엔, 다들 자기의 경험으로 미루어 침 튀기면서 이야기하는 것 같았어.

그런데 공통적인 것은 '우정이 존재한다'고 말하는 대부분이 "그 이성에 대해 매력이 없다"고 말하더라. 성숙한 사람이면 그 정도는 분간할 줄 안다나? 이성으로 좋아하는 게 아니고, '인간' 자체로 본다면 동성끼리 만나는 것과 별로 다를 바 없다고 해.

한편 '이성간에 우정이 존재하지 않는다'고 이야기하는 쪽에서는, 둘 가운데 하나가 우정이라고 착각하거나 아니면 둘 다 착각할 뿐이란 다소 거친 이야기도 하더군. 마치 부시와 후세인이 사귀는 것과 같다고 해.

한 선배가 푸념처럼 이런 이야기를 해주었어. 자기 여자친구는 남자친구도 있고, 가끔 영화도 둘이서 보러 가는데, 자기한테는 아주 사소한 것도 용납하지 않는다고 말이야. 하지만 그 선배는 자기가 좋아하는 사람이 싫어하는 건 하기 싫어서 안 한대. 싸움의 불씨가 되는 것은 화근조차 없앤다는 거지. 왜 그렇게까지 하냐고 하니 그러더군. 그녀를 꽤 좋아한다고. 그래서 그녀가 불편하게 여기는 것은 하지 않고 싶다고….

다소 불공평한 거래처럼 보이지만, 한 여자를 진심으로 사랑하는 그 선배의 마음만큼은 높이 사주고 싶더라.

난 어떠냐고? 실은 난 다소 엉뚱한 발상을 하고 있었

어. 성격과 관계가 있지 않을까 싶었지. 질투가 많은 성
격은 이성과의 우정을 용납하지 못할 것이고, 믿음이 강
하고 자기 확신이 강한 성격은 상대를 이해해 주고, 합리
적인 성격이라면 용납해 주는 게 아닌가 하는 생각 말야.
사람은 다 자기 머리에서 나온 생각으로 남을 판단하게
되어 있거든. 안 그래?

떠올려 봐. 해리와 셀리가 나누었던 대화를 말야.

해리　당신도 물론 알겠지만, 우린 결코 친구가 될
　　　수 없어요.

셀리　왜 안 되죠?

해리　내 말은… 이건 수작 거는 것도 뭐도 아니오.
　　　다만 남자와 여자는 친구가 될 수 없단 거요.
　　　왜냐면 섹스라는 장애물이 항상 가로막고 있거
　　　든요.

셀리　그건 사실이 아녜요! 난 남자친구가 여럿 있는
　　　데, 섹스는 전혀 관여치 않는다고요.

해리　그런 친구는 없을걸.

셀리　있어요.

해리　당신 혼자 생각일 뿐이야.

해리와 셀리의 대화 속에 깨달은 것이 있어. 예쁜 여자
는 남자의 친구가 될 수 없다는 것을! 이런 대사를 들으
면 또 생각나는 게 있지. "남자는 여자를 두 유형으로 본
다. 예쁜 여자와 그렇지 않은 여자!" 세상에! 여자들에게
똑같은 식의 표현을 듣는다면 남자들 기분은 어떨까?

사실 이런 논쟁은 닭이 먼저냐 달걀이 먼저냐와 같은
소비적인 것일 뿐이야. 아무튼 여러 가지 점에서 이성친
구를 갖는다는 것은 어려운 일이야. 그렇지 않아?

전쟁을 넘어선 사랑

인생이 꿈을 꿀 때부터 시작하는 것이라면, 전쟁 속에서도 인생은 시작될 수 있을까?

밤늦은 너의 전화를 받고 잠이 깼어. "잿더미로 변한 바그다드는 우리들의 양심이 타버린 걸 의미하는 거야"란 흥분된 네 목소리 앞에서 잠이 달아났지. 네 전화를 끊고 나서 그동안 내 일이 아니어서 무심했던 전쟁… 그리고 그 밖의 모든 것에 대해서 생각해 보았어.

여행에서 알게 된 이슬람권 출신 친구가 있어. 미국에서 일하던 그 친구는 여러 나라에서 일한 경험이 많아서 그런지 늘 특별하고 재미난 이야기를 해주곤 했지. 그런데 어느 날 그 친구에게 전쟁이 날 것 같다면서 자기 나라로 돌아가야겠다고 메일이 왔어. 얼마가 지나서 다시 메일이 왔는데, 〈나는 지금 하루 하루가 공포고 힘들다. 네가 살고 있는 나라가 평화로운 이 오늘을 넌 감사해야 한다〉고 쓰여 있었지.

난 내가 살고 있는 이 시간이 전쟁이 아닌 평화임을, 그리고 자유롭게 사랑할 수 있고 사랑받을 수 있다는 것에 감사의 기도를 드렸어. 그 메일이 그 친구로부터 받은 마지막 소식이야. 그저 내가 할 수 있는 건, 그 친구와 그 나라의 평화를 위해서 기도하는 것뿐이지. 언젠가 다시 그 친구의 소식이 전해지기를 바라면서 말이야.

전쟁을 멈출 수 있는 건 무얼까?

전쟁이란 무엇이고, 사랑이란 무엇일까?

'죄는 인간의 몫이며, 용서는 하늘의 몫'이라는 말이 전쟁을 일으킨 자들의 면죄부가 될 수는 없다는 생각이 드네. 한 사람의 가슴에 못을 박는 것도 사랑의 '죄'가 되는데, 그 많은 사람들의 몸과 마음에 새겨진 아픔을 어떻게 감당하려는 것일까? 인간을 가장 인간답게 만드는 사랑조차 허락되지 않는 전쟁 앞에 서 있지 않음을 나는 우선 감사했어. 그리고 미안함과 약간의 화가 섞인 감정을 토해 내야 했지.

영화 《애수》를 떠올렸고, 정리함을 뒤져 비디오 테이프를 찾아냈어. 아무 일 없던 듯 다시 잠을 이루진 못할 것 같았거든.

전쟁은 사랑하는 두 남녀를 가만두지 않았고, 사랑을 시험했지. 끔찍한 전장에 나간 장교는 돌아오지 않았고, 사랑하는 남자의 죽음을 알리는 전보로 그녀는 한순간의 삶도 버거워졌어. 꿈꾸는 발레리나였던 그녀는 자신을 버리고 거리의 여자가 되지.

그런데 죽었다고 믿은 그 남자가 살아 돌아온 거야. 결국 그녀는 목숨을 던져 버렸어. 사랑하는 남자 앞에서 자신을 지키지 못한 한 여자의 부끄러움으로 말이야. 그 여자에게 누가 돌을 던질 수 있을까? 이 세상에 그 여자를 비난할 사람이 있기나 한 걸까? 전쟁으로 인해 생긴 사랑하는 남녀의 깊은 한숨과 눈물이 이 밤을 더욱 어둡게 하는 듯해.

하지만 난 믿을래. 전쟁은 멈출 거라고. 전쟁은 결코 사랑을 이기지 못한다고 말야.

여행

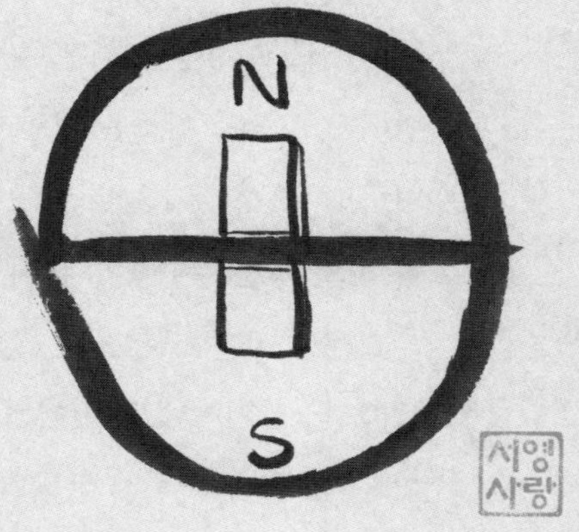

● 내 마음의 나침판 ●

와이헤케 섬의 별 헤는 밤

태어나서 제일 많은 별을 본 날— 난 한여름의 오늘을 내 생일만큼 의미있는 날로 기억할 거야. 난 지금 지구 반대편에서 한여름의 겨울 여행을 하고 있어.

비수기에 여행하는 게 정석이라고 믿는 내게, 우리와 반대로 겨울인 이곳은 정말 매력적이고 낯선 두려움으로 가득해. 하지만 오늘밤은 그 두려움이 극에 달해 숨이 막혀 버릴 것만 같아.

반대의 계절, 오른편에 운전대가 있어 거꾸로 보이는 자동찻길, 한겨울에도 에어컨디셔너로 기온을 맞추는 차 안…, 오후 대여섯 시가 되면 어둠이 몰려오고, 상점은 매정하게 문을 닫아 버리는 이곳에서 난 잠시 만났던 승무원에게 "우리나라와 정반대로 생각하면 돼요"란 말을 들었어.

오클랜드에서 페리로 45분 거리인 와이헤케 섬의 B &
B(Bed & Breakfast) 숙소에서의 날들은 내 고정관념을 뒤
엎는 나날이었어. 5시가 되자 어두워지더니 6시가 되자
칠흑같이 깜깜해졌어. 사람들이 이곳을 '천혜의 환경을
가진 곳'이라고 부르는 이유를 알게 되었지.

빗물을 정수해 샤워하듯, 이곳에서는 가장 필요한 최
소한의 인공만을 가하는 모습을 여기저기에서 볼 수 있
었어. 특히 설탕 맛을 보고는 깨달았지. 아무런 맛도 나
지 않는 밋밋한 맛에 "이게 설탕이야?" 하고 다시 맛을
보고 겉봉투를 보았지만 설탕이 맞더구나.

세상 다른 곳에서는 설탕이 달지 않을 수도 있다는 게
참 신선하게 느껴졌지. 이 나라 사람들의 성향과 설탕 맛
이 어쩜 그렇게 같을까 하는 생각을 하며 다시 한 번 설
탕 맛을 보았더랬어.

숙소 앞에 펼쳐져 있는 바다에서 난 겨울인데도 신발
도 양말도 자연스럽게 벗어던지고 적당한 온도의 따스하
고 보드라운 모래를 밟았어. 너무도 깨끗한 모래사장을
보며 마음껏 걷고 뛰면서 산책 나온 강아지들과 함께 놀
았지. 수줍지만 친절한 미소를 던지는 뉴질랜드 사람들

과 바다새를 벗삼아서 말야.

　제일 충격적이었던 건, 숙소 앞의 벤치에서 바라다본 밤하늘의 별들이었어. 태어나서 그렇게 많은 별들을 보다니… 어릴 적 우주관에 가서 본 것보다 훨씬 많았어. 수없이 반짝이는 거대한 별들의 우주 속에서 나란 존재는 점 속의 점 같은, 아주 미세한 존재임을 확인하고는 고개가 숙여졌지. 여기에서 사는 사람들은 겸손할 거란 생각이 들었어. 늘 이런 하늘을 보며 인간이 얼마나 작은 존재인가를 매일 깨닫게 될 테니 말이야.

　너와 내가 살고 있는 서울이란 도시엔 이런 하늘을 볼 수가 없어. 그곳에선 자연의 위대함보다는 인간의 위대함에 초점이 맞춰진 가치관만 가득할 뿐이지. 그래서 우리가 종종 겸손이란 걸 생각치 않고 살아가는 게 아닐까 싶어. 우리가 작은 존재라는 걸 미처 깨닫기도 전에, 우린 우리가 만들어 낸 네온사인에 갇히게 되거든. 이 넓디넓은 우주에 과연 지구에만 생명체가 있는 것일까?

　이런저런 생각과 함께 MP3로 한 귀론 앙드레 가뇽의 〈저녁 바람〉을 듣고, 한 귀론 숙소 앞 파도 소리를 들으며 아주 한참 동안 별들을 바라보았어. 그런데 눈물이 주르륵 떨어지더라. 우주가 이렇게도 오묘할까? 그 속에서 어리석은 난 무얼 가지려 했을까. 저 많은 별들을 비치는 하나의 태양, 그리고 자신만의 태양을 하나씩 가지고 있을 이름 모를 수많은 은하계… 모두 그들만의 빛을 가지고 있는데, 난 나누려 하지 않고 왜 가지려고만 했을까.

심리학의 아인슈타인으로 불리는 켄 윌버(Ken Wilber)가 제시하는 '관조의 눈(the eye of contemplation)'이 떠올랐어. 감각의 눈(the eye of flesh)과 이성의 눈(the eye of reason), 그리고 관조의 눈… 그는 말했지.

…그 세계를 체험하지 못한 사람에게 관조의 눈으로 보이는 세계는 두 가지로 나뉠 것이다. '신비' 아니면 '의심'….

파도 소리와 별이 가득한 하늘과 함께 있다 보니 『갈매기의 꿈』의 '조나단'이 떠올랐어. 먹기 위해 사는 갈매기가 되지 말고 날기 위해 사는 조나단이 되어야지― 그렇게 마음 속에 새겼어.

친구야, 별을 너무 뚫어지게 쳐다봤더니 피곤이 몰려온다. 한없이 있고 싶은 풍경이지만, 여행의 첫날… 이제 고단한 잠을 청해야겠다. 안녕―.

로토루아의 전설

친구, <u>나는 지금</u> 로토루아란 곳에 와 있어. 놀랍게도
이곳엔 군데군데 연기가 나고 있어.

저녁무렵 차를 타고 이곳에 들어설 때, 나는 도시에 불
이 난 줄 알았지 뭐야. 하지만 알고 보니 이 도시는 화산
활동을 계속 하고 있었던 거야.

뉴질랜드의 대표적인 온천 도시에서 여독을 풀면서 이
곳의 원주민이었던 마오리 마을을 가볼 행운을 얻었지.
난 여행을 하게 되면 그곳의 뿌리가 알고 싶고 궁금해지
더라. 우리나라에 여행 온 외국인들이 세련된 도시보다
민속촌이나 고궁 등을 선호하는 이유가 바로 거기에 있
지 않을까? 어디서도 볼 수 없는, 우리만의 특별한 것 말

야. 그것이 바로 차별화된 그 나라만의 상품이란 생각이
드네.

암튼 숙소에까지 와 픽업해 주는 친절한 투어 버스에
올랐는데, 그 많은 외국인들이 늦은 저녁 시간에 마오리
족을 알기 위해 모였단 사실에 놀라웠어. 로토루아, 이곳
의 상점이 대여섯 시면 정확하게 문을 닫는다는 걸 감안
하면 말야.

7시부터 10시 반까지 계속되는 투어는 현지인에게도,
여행하는 사람에게도 정말 노력이 필요한 거였거든. 그
곳에 도착하니 그런 투어 버스가 네다섯 대는 더 와 있더
군. 그 가운데 나는 몇 안 되는 동양인 중의 하나였어. 내
옆의 여자는 아르헨티나에서 왔다고 하더군.

그곳을 처음 들어갈 때는 특별하고 생소한 의식이 있
었는데, 주의할 점은 웃으면 안 된다는 거야. 코를 비비
며 인사하는 마오리들만의 전통적인 인사법인 '홍이
(Hongi)'로 시작되었지. 그리고는 전통 의상을 입고 부르
는 전통 노래와 포이 댄스(Poi Dance), 스틱 댄스(stick
Dance), 전투에 참가해 적을 위협하는 행위로 사용되었
던 혀를 내밀며 과격한 춤을 추는 하카 댄스 등의 공연을
봤어. 공연이 끝나고 '항이(Hangi)'라는 전통 음식을 먹

으며, 그들과 이야기할 기회를 얻었지. 내겐 참 특별한
경험이었어.

특히 마오리(Maori)가 고유의 악기로 사랑의 노래를
연주할 때는 정말 감격했어. 얼마나 진지한 표정으로 부
르던지 눈물이 날 뻔했다니까. 여기의 콘서트는 단순한
쇼가 아니라 '사명이 있는 문화와 전통의 지킴이' 같았
어. 그 노래를 들으며 나는 사랑만큼은 시대를 초월하는
구나, 지금과 똑같구나—그런 생각이 들었어.

그들의 공연 중에 뉴질랜드 전통 음악이라며 연가를
들려주었는데, 그건 내가 알고 있었던 '비 바람이 치던
바다~ 잔잔해져 오면, 오늘 그대 오시려나, 저 바다 건
너서~'의 멜로디였어. 그 노래 속에는 실제 있었던 일이
라고 하는 전설 같은 이야기가 숨어 있어서 더욱 흥미로
웠지. 숙소에 돌아와 한밤중에 온천 수영장에 몸을 담그
며 그 이야기를 생각해 봤어.

히네모아와 투타네카이의 사랑 이야기는 뉴질랜드에
서 가장 잘 알려진 러브 스토리라고 하더라. 그 후손들이
바로 이곳 로토루아에 살고 있다고 해.

히네모아는 로토루아 호수 서쪽 해변에 살고 있던 부

족의 젊은 여성이었고, 투타네카이는 호수에 있는 모코
이아 섬에 살고 있었던 젊은 남자였대. 이 두 부족은 서
로 가끔씩 방문하곤 했는데, 그래서 이 두 남녀의 만남이
이뤄진 거지. 둘 다 존경받는 부족의 높은 신분이었지만,
그 남자는 서자였다고 해. 그래서 훌륭한 청년임을 인정
하지만 결혼은 반대를 했대.

밤에 그가 섬에서 플루트를 불면 바람을 타고 그의 멜
로디가 그녀가 있는 해변까지 들려오곤 했대. 그의 음악
속에서 그녀는 그의 사랑과 진한 그리움을 느낄 수 있었
지. 그녀의 사랑을 눈치 챈 가족들은 밤이면 카누에 그녀
의 옷자락을 묶어 그녀가 그에게 갈 수 없도록 했대.

그러던 어느 날 저녁, 결국 그녀는 들리는 음악에 더
이상 견디지 못하고 옷을 벗어 버리고는 섬까지 먼 거리
를 헤엄쳐 갔어. 그 섬에 도착하고 나서야 그녀는 자신이
벌거벗고 있다는 사실을 의식했고, 몸을 숨기기 위해 온
천을 찾았어. 그곳에서 그를 만나게 되고, 놀란 그는 그
녀를 숨겨 주었대. 그들의 노력이 결국 그들의 하나됨을
인정하게 하지. 그녀에게, 그에게 온 우주는 서로이지 않
았을까?

자신을 던져 버리고 바다를 건너와 로토루아의 온천에
몸을 숨긴 그녀의 용기에 박수를 보내고 싶어.

이곳의 원주민들은 어느 부족보다 용맹해 보여. 하긴
제대로 된 무기 하나 없이 몸짓과 표정으로 싸움을 한 그
들에게 제일 중요한 언어는 몸짓이었을 거야.

로토루아의 마오리 족과 그곳까지 헤엄쳐 와 사랑을
인정받은 히네모아에게 인사를 하고 싶어. 그들의 편한
인사로—키오라(Kaikoura 안녕!)

Pokarekare ana / Hayley Westenra 연가

Pokarekare ana 와이아푸의 바다엔

Nga wai o Waiapu 폭풍이 불고 있지만

Whiti atu koe e hine 그대가 건너갈 때면

Marino ana e 그 바다는 잠잠해질 거예요

E hine e 그대여, 내게로

Hoki mai ra 다시 돌아오세요

Ka mate ahau i 너무나도 그대를

Te aroha e 사랑하고 있어요

E kore te aroha 내 사랑은 뜨거운 태양 아래서도

E maroke i te ra 결코 마르지 않을 거예요

Makuku tonu 내 사랑은 언제나

Ite aroha e 내 눈물로 젖어 있을 테니까요

E hine e 그대여, 내게로

Hoki mai ra 다시 돌아오세요

Ka mate ahau i 너무나도 그대를

Te aroha e 사랑하고 있어요

내가 파리를 사랑하는 이유

<u>오늘</u> 베르사유에 도착했어. 정력과 부의 상징이었고, 한때 유럽의 중심이었던 곳…. 하늘은 과거의 영광을 회상이라도 하듯 조금씩 비를 뿌리고 있었지. 국왕과 의회가 베르사유를 떠나 파리 뒤를리 궁으로 간 뒤 홀로 남겨진 여인이 있었지. 베르사유 하면 제일 먼저 떠오르는 여인…. 바로 루이 16세의 아름다운 왕비 마리 앙투아네트. 1789년10월에 마리 앙투아네트가 한 말을 떠올렸어.

"나는 모든 것을 보았고 들었지만 다…잊어버렸다."

아름다운 두 눈에 핏발이 서서 한 말 말야.

다음날 단두대에 서는 걸 알게 된 마리 앙투아네트가

옥중에서 하룻밤 사이에 백발이 되었다는 재미난 이야기도 들어가면서 궁전에 들어갔어. 궁전은 상당히 화려했지만 촌스런 색감이 좀 거슬리기도 했지. 모든 영화가 있었던 곳 베르사유… 그런데 난 왠지 이곳이 슬프게만 보였어.

"적에게라도 선행하라!"

그녀의 말을 기억하며 사람 무리에서 빠져나와 베르사유 정원을 바라보았어. 내가 알고 있는 짧은 지식 탓이었는지, 한 문구 때문이었는지는 모르지만, 군중 속의 외로움을 느낀 곳이야.

내가 여행 짐을 챙기면서 제일 중요하게 생각했던 게 무언 줄 알아? 그건 음식도, 옷도, 지도도 아니야. 간편한 MP3에 담은 좋아하는 음악 몇 곡과 포켓북 세 권, 그리고 어머니의 편지였어. 그 가운데서도 영화 《노팅힐》에 삽입된 엘비스 코스텔로(Elvis Costello)가 부른 〈She〉란 곡을 잊을 수 없어. 혼자 하는 여행에서 나의 달래 주는 친구 같은 존재였으니까. 때론 음악이나 글이 사람보다 더 좋은 인생의 친구가 될 수 있는 거 같아. 사실 여행을 하다 보면 사람에겐 그리 많은 소유가 필요하지 않다는 걸 느끼게 되지.

문 닫을 때까지 오르세 박물관에서 시간을 보내고 길을 거닐며 들었던 〈She〉가 내겐 바로 파리야. 낭만적인 음악을 들으며 파리에서 지낸 일주일을 회상하는데, 내가 서 있던 다리 밑에 유람선이 지나가면서 사람들이 내게 손을 흔들어 주었어.

처음에는 '설마 내게?' 하는 맘에 주위를 돌아보았다니까. 그리고는 기쁜 마음에 두 팔을 번쩍 들어 흔들었지. 약간 팔짝팔짝 뛰기도 했던 거 같아. 여행을 다니다 보면 작은 호의에도 고마워 죽을 것 같다는 표정을 짓게 되지. 그런데 왜 일상에선 그런 호의를 당연한 듯 무성의하게 받아들였는지 모르겠어.

3일 박물관 패스를 끊어 파리의 구석구석을 헤매고 다녔어. 내 딴에는 빡빡한 스케줄이었는데, 글쎄 진짜 강적을 만났지 뭐야. 파리에서 만난 그 친구 덕분에 내가 모르고 있던 또 하나의 파리를 볼 수 있었지.

암튼 쉬지 않는 일정에 개선문 꼭대기까지 걸어서 올라가느라 죽는 줄 알았다니까. 약간의 고소공포증까지 있는 내게 뺑글뺑글 돌아가는 나선형 계단은 공포감을 주었지. 그렇게 열심히 올라가 개선문 꼭대기에서 바라보는 파리의 전경은 의외로 참 계획적이더군.

나폴레옹 3세 때, 폭동이 일어나도 한눈에 보이고 진압하기 쉽도록, 그렇게 계획적으로 만들었다고 하더라. 이유야 어찌 됐건 낭만도 계획 아래 세워진 건물이란 게 새로운 느낌이었지. 그런 파리의 국가적 이미지가 내심 부럽기도 했고.

처음에 본 파리는 상상을 뛰어넘게 지저분하지만, 알수록 머물수록 마음을 잡는 오묘한 매력이 있어. 파리에게 그 매력을 한 수 배운다면 사랑하는 사람의 마음을 영원히 붙들어 맬 수도 있을 텐데 말야.

좋은 곳 다 놔두고 냄새 나는 지하철 입구 앞에서 키스하던 커플처럼, 이해할 수 없는 부분과 체계적인 양면이 공존하는 곳— 파리. 계획 속에 자류… 파리가 내게 준 인상 중의 하나지.

아내를 기리는 그림

나는 지금 꿈꾸어 오던 이탈리아에서 예정보다 긴 여행을 하고 있어. 유럽 여행에서 이탈리아를 마지막 장소로 삼는 이유를 알게 됐지. 그만큼 볼 것도 많고, 느낄 것도 많은 곳이야. 그런데 난 어리석게도 비행기표를 로마 인으로 끊고 런던 아웃으로 했으니… 나의 무지함에 대해선 할 말이 없더군.

아무튼 난 비행기에서 우연히 만난 한 지인의 도움으로 어제 진정한 음악가를 만나고 왔어. 한때 스칼라 극장에서 활약을 펼치던 유명한 이탈리아 성악가. 지금은 은퇴했지만, 밀라노에서 스위스 국경으로 가는 길목의 작은 마을에선 정신적인 지주처럼 여겨지는 분이셨어. 정말 대단한 행운이라고 생각하면서 얼마나 감격했는지…

이건 아마도 내겐 복권 당첨 이상의 행운이야.

여기서는 유명한 성악가라 할지라도 끊임없이 레슨을 받는데, 그건 정말 우리가 배워야 할 점인 거 같아. 그 노장 성악가가 젊은 성악가를 가르치는 모습을 보고 난 충격을 받았어. 중간 중간 휴식할 때는 손마저 떨리고 호흡이 가뿐 할아버지에 불과했지만, 피아노 앞에서 노래를 가르칠 때는 큰 산을 휘두르는 호탕한 호랑이 같았어.

그는 성악 레슨을 구경 온 내게 많은 관심을 보이며 친절히 대해 주었는데, 그의 따스함이 전해지는 듯했어. 그가 "나의 인생은 노래 같았소"라고 말하며 회환에 젖은 눈을 했을 때, 더욱이 거실 벽난로 위에 걸린 유채화—그가 10년 전 죽은 아내를 그리워하며 그린 그림—를 보았을 땐, 정말 아! 하는 탄성마저 나오고 말았어.

노래로 기리고 그림으로 펼쳐 보이려 했던 모습과 할아버지의 주름에 섞인 눈물방울을 보는 순간, 나는 한없이 감상적이 되어 있었지.

스칼라 극장(teatro alla scala)에 주연으로 섰던 시절, 청년 시절의 자신이 담긴 앨범을 보여 주며 회환에 젖은 이야기를 했을 때는, 말은 다 통하지 않았지만 가슴으로 느낄 수 있었어. 그가 무얼 이야기하고 싶은지 말야. 돌아가기 위해 끝인사를 하자, 그는 내 양볼에 아주 소중하게 입을 맞추면서 짧은 시간이었지만 즐거웠노라고 말했어.

우리 일행이 떠나고 나면 그 노장 성악가는 다시 외로운 할아버지의 시간을 보내게 되겠지. 인생이란 그렇게 거대한 듯 많은 걸 바라는 듯해도 사실은 아주 단순한 거야. 결국 우리는 자신이 얼마나 작은 존재인가를 느끼고 세상을 떠나가겠지. 이런 이야기를 하니 왠지 슬픔이 옷깃에 스며드는 거 같아.

밀라노는 누가 이야기하듯 화려한 명품의 도시라기보다 예술과 사랑이 넘치는 도시더군.

400여 년간 지은 3천여 개의 거대한 조각과 유리 첨탑으로 장식되어 있는 두오모(Duomo)를 보고는 적잖은 충격을 받았지. 완성을 보지 못하리란 것을 알면서도 최선을 다했을 설계자를 상상하니, 이제까지 내 작은 조바심이 정말이지 부끄러웠어. 특히 간이 엘리베이터를 타고 성당의 꼭대기에 가서 하늘과 가까이 어우러진 풍경을 보았을 때는, 소름이 쫙 끼치면서 아찔해서 쓰러질 뻔했어. 그동안 내가 노력했던 것들이 아무것도 아닌 것처럼, 내가 아주 작아 보였지.

우리나라 대통령이 두오모를 보더니 비서에게 "한 2년이면 우린 끝낼 수 있어!"라고 말했다지 아마. 그런 이야기를 들으면서 우린 모든 걸 너무 쉽게 생각하고 살아오진 않았는지 생각해 봤어. 사랑도 말야.

먼저 간 아내를 향한 사랑과 그리움이 물씬 풍겨나던 성악가의 그림을 생각했어. 사랑과 표현이 넘치는 이런 분위기 속에서 예술은 풍성한 열매를 맺을 수밖에 없다는 생각이 들더라.

그동안 어떻게 하면 나를 지킬까, 손해 보지 않고 감정의 상처를 받지 않을까를 계산하던 나를 돌아보았어. 그런 습관들이 나를 가로막고 있었다는 생각에 부끄러웠지. 이제 그 부끄러움 또한 인정하고 싶어.

두오모를 구경하고 나와서 대형 쇼핑센터의 옥외 카페에 갔다가 안내해 주시던 분의 아는 사람을 만났어. 인사를 하고 자리에 앉으면서 그는 말하더군. 여기는 너무 좁다고. 그 말을 들으며 서른 넘어서부터는 "서울은 너무 좁아"라든지, 일하는 곳에서 "이 바닥은 너무 좁다니깐, 다 통해"—이런 말을 한 게 떠올랐어.

그런데 서글픈 건, 서울 거리에서건 밀라노 카페에서건 사랑하는 사람을 만날 확률은 많지 않다는 거지. 그 작은 확률마저 우습게 여긴 나를 되돌아본 하루였어.
400여 년에 걸쳐 지어지고, 아직도 부분 개보수를 하는
두오모를 바라보며, 쉽게 한 사랑은 쉽게 무너지지 않을
까 하는 생각도 해보면서 말야.

베로나의 금지된 사랑

<u>오늘 내게</u> 어떤 일이 있었는 줄 알아? 로미오와 줄리엣의 도시에 갔었어. 믿기지 않지만, 이곳에선 베로나에서 있었던 실화라고 하네.

기차역을 지나 도시에 내리면 그 도시만의 고유한 풍경이 있는데… 베로나는 작지만 특별한 소수 같은 느낌이야. 작은 도시여서 나는 도보 여행을 하기로 했지. 발길 닿는 대로 말야.

우선, 난 줄리엣의 집부터 가보기로 했어. 작은 골목길을 지나다 보면 또 작은 골목이 나오고, 그곳에 바로 줄리엣의 집이 있었지. 아, 그 설레임이란…!

벽엔 온 세계의 젊은이들이 남긴 사랑의 낙서들이 즐

비했어. 여기에 이름을 남기면 두 사람의 사랑이 이루어
진대. 너의 이름을 남겨 줄까? 아니지, 그 전에 마음에
드는 남자부터 잘 골라야 해. 잘못 고르면 평생 고생이니
까…. 나는 낙서 대신 큰 하트 모양으로 만들어진 특별한
빨간색 연필을 샀어. 두 자루… 하나는 나의 숨겨진 반쪽
을 위해서! 하하.

　이곳에서 올리비아 핫세의 《로미오와 줄리엣》이 기억
난 건 당연하겠지? 몬태규 가의 로미오. 그리고 원수 집
안인 캐플릿 가의 줄리엣. 가면 파티에 몰래 갔다 우연히
아름다운 여인을 보게 되잖아. 그녀에게 첫눈에 반한 로
미오는 그녀가 바로 원수 캐플릿 가의 딸이란 사실을 알
고 놀라지만, 사랑을 막을 순 없었지. 그는 담장을 넘었
고, 창가에 선 그녀를 보고 원했어. 비극적인 사랑의 욕
망은 강하지. 사랑을 처음 느낀 어린 사랑은 무방비이기
에 더욱 강한 것이 아닐까? 사랑에는 자잘못이 없잖아.
단지 인내심과 절제가 필요할 뿐.

　세상의 젊은 남녀에게 가장 궁금한 것 중의 하나는, 남
녀의 입술과 입술이 닿는 순간의 느낌이 아닐까 해. 그
둘은 궁금했을 법도 해. 로미오가 열여섯, 줄리엣이 열네
살이었다지?

로미오와 줄리엣이 만나 사랑을 속삭였다는 다리를 걸어 보았는데… 혼자 걷기에는 좀 외로운 곳이야.

오늘은 키스하는 연인에게 눈을 뗄 수 없더군. 특히 줄리엣의 문 중앙에서 멋지게 키스하는 남녀를 사진기에 담았어. 영화 포스터에 쓸 만큼 멋져. 돌아가면 이것부터 보여 줄게.

사람은 청개구리 기질이 있는지, 안 되는 것에 더 강하게 끌리는 것 같아. 여기 베로나에서 만난 한 친구의 이야기가 떠올라.

한 남녀가 만나 사랑을 하게 되었어. 갓 스물을 넘긴 두 사람에게 그것은 첫사랑이었지. 세상에 태어나 처음으로 함께 하고픈 이성을 만난 거야. 근데 얼마 지나지 않아 까칠해진 여자의 얼굴을 보고 친구가 물었대. 사랑에 빠진 여자 얼굴이 왜 그 모양이냐고. 이유인즉, 그 둘은 동성동본이었다는 거야. 이룰 수 없는 사랑이었던 거지. 이별할 수밖에 없었지만 서로를 잊을 수는 없었지.

이야기의 결말은 비극이었지만, 어린 시절 비극적인 사랑 이야기 하나쯤 가지고 있는 것도 축복 중 하나가 아닐까? 사랑은 완성될 수 없으니까 더욱 다음 사랑을 조심하겠지. 그 조심성은 다음 사랑에게 좋은 약이 될 수

있을 거야. 무의미한 사랑은 있을 수 없어. 그런데 내가
왜 사랑을 못하냐고? 그건 오해야. 못하는 게 아니라 안
하는 거라고!

베를린의 무너진 벽 앞에서

 그 남자가 네게 그렇게 말한 건,
네가 좋아졌다는 뜻 아냐?

어제 이역만리에서 너의 메일을 받고, 너랑 같은 과인
나는, 그가 널 불편하게 여긴다는 건 그가 네 가까이 있
고 싶어하지 않는다고만 생각했는데… 오늘 여기 무너
져 흔적만이 앙상한 베를린 장벽을 보니 '아차!' 하는 생
각이 들었어.

브란덴부르크문이 말하더군. 이 바보들아… 그건 나처
럼 마음의 벽이 허물어졌단 거야— 조소하는 그 앙상함.
그래서 난 주저앉아 버렸어. 바·보!

정말 무너지지 않을 것 같던 장벽— 베를린 장벽도 무

너졌는데… 세상에! 하고 말야. 남녀간의 사랑— 도무지 되지 않을 것 같던 마음의 벽도 무너지는구나. 언젠가 너와 난 말했지. 단 한 사람의 천사가 되고 싶다고. 그런데 단 한 사람을 찾는 게 이렇게 힘드네.

베를린 장벽이 무너졌을 때, 그 역사적 낭만을 기대한 건 무리였어. 베를린에서는 돌맹이를 조각 내어 관광객에게 팔려는 장사 속이 날 자유롭지 못하게 했지. 암튼 그 점에서 베를린은 기대 이하였어. 하이델베르그에서 만난 무리들이 독일의 낭만가도를 같이 하자고 했을 때 그리로 따라가는 게 옳았을 거야. 친절한 사람들의 호의를 무시한 벌일 수도 있지. 베를린은 다시 가고 싶지 않은 도시 리스트에 올려놓으라고 충고하고 싶군.

하지만 그냥 포기할 수만은 없었어. 한 박물관을 찾아갔지. 조금이라도 분단과 자유의 현장을 느껴 보려고 노력했어. 동독과 서독이 있었던 당시, 끌 같은 것과 작은 삽으로 땅꿀(?)을 파고 자유를 찾아 넘어오려는 모습에 가슴만 아팠지. 자유가 없을 땐 찾고자 한 열망이 결국 자유를 찾고 나선 어찌된 걸까? 무엇이 달라졌는지 모르겠어.

내가 느낀 건, 사람은 없을 때 무언가를 더 간절히 그리워한다는 거야. 사랑도 그렇고…. 오늘엔 내일이 있는 것인 줄로만 생각하거든. 오늘이 오늘로 끝나 버릴 수도 있는데 말야.

사랑하는 사람을 대할 땐 오늘이 마지막인 것처럼 대하자는 결심을 해봐. 후회도, 미련도 없도록 말야. 있을 때 감사함을 느끼는 사람은 많지 않아. 나도 그렇지만…. 평상시에 내가 불평을 하거든 내게 "베를린!"이라고 귀뜸해 줘. 그럼 바로 정신 차릴 테니깐.

다락방에서 보낸 긴 겨울

두해 전, 난 한겨울 내내 집 아래층으로 내려오지 못하고 갇힌 적이 있어. 무슨 중죄를 져서 감옥살이를 했냐고? 내가 장난끼는 있지만 그것 때문에 강금형을 받을 정도는 아니지.

그건 바로⋯ 아주 큰 2개월 난 강아지 때문이었어. 그 강아지는 세퍼드 같은 성견의 크기와 같았어.

'자이언트 슈나우저'라고, 슈나우저 종 가운데 제일 큰 녀석이지. 색깔은 '솔트 & 페퍼'라고 소금과 후추를 섞은 듯한 회색이긴 한데, 회색이라고 딱 부러지게 말할 수 없는 아리까리한 색이었어. 암튼 이 강아지와 두 달간 씨름을 하느라 그런 거였어. 그때 내가 직장을 그만두고 여행을 다녀온 뒤라 가능한 일이었지.

우리집엔 그 강아지 말고도 다른 종의 개들을 키웠는데, 미국과 유럽에서 온 좀 특이한 개들이 많았어. 재미난 건 개의 종류마다 품성과 성격이 달라서 사람보다도 더 재미난 행동을 보인다는 거야.

예를 들면, 내가 보면 삐져서 고개를 휙 돌려 버린다거나, '머털이'라고 이름 지워진 올드 잉글리시 쉽독이란 양치기 개는 집에서 내가 막내인 것을 알고 나를 무시하기까지 했어. 식구의 서열 순을 알아 버린 거지.

내가 문을 열고 내려가려고 하면, 계단 앞을 막고서는 그 커다란 발을 턱 하니 내 신발 위에 올려놓곤 했어. 건방지지만 그 개의 코믹성과 엉뚱함 때문에 미워할 수는 없었지. 아, 그때를 상상하니 그 개가 그리워지는군. 내 엉덩이를 물곤 했던 그 끔찍한 개가 말이지. 어쨌든 추억은 아름다운 거야.

암튼 다른 개 이야기는 각설하고, 그해 난 2개월된 큰 강아지인 자이언트 슈나우저와 겨울을 났어. 계절 때문에 더 지루하게 느껴졌던 날들을 나는 그 강아지와 꼭 붙어 지내야 했지.

그 강아지는 폐렴에 걸려 있었는데, 다른 개들에게 옮

길까 봐 격리를 시켜야 했던 거야. 식구 중 하나가 총대를 메야 하는 상황이었고, 그 무거운 총대를 백조인 내가 메게 된 거지. 그래서 내 방이 있는 2층과 옥상 겸 창고 역할을 했던 3층을 오가며 지루하고 생명이 오가는 위험한 여행을 했지.

병이 위험해서 다른 개에게 옮길 수 있고, 폐렴은 99% 사망하기 때문에 병원에서도 받을 수 없다고 했지. 유명하다는 곳을 세 군데나 갔는데도 말야. 나는 절망했지만, 마음을 다잡았지. 그 강아지와 나는 전생에 모녀였다, 내가 딸이었고 강아지가 엄마였는데, 내가 하도 말썽을 부려서 이런 반전의 결과가 생긴 거다… 이런 공상을 하곤 했어. 물론 너도 알다시피 난 전생 따위는 믿지 않아. 하지만 폐렴 걸린 강아지에게 진심 어린 간호의 힘을 발휘하자면 그 정도의 상상, 아니 환상 정도는 내게 필요했던 것 같아. 그래서 난 이 큰 강아지를 '딸이'라고 이름 지었어. 내 딸이라고 생각했던 거지.

암튼 이 '딸이'는 나를 어미라고 여기는 듯했어. 일어나면 옥상으로 올라가 '딸이'의 방을 청소해 주고, 아침 공기를 마시며 산책시켜 주었지. 물론 3층 옥상 안에서. 그리고 난 끔찍하게 하기 싫은 청소를 해야 했어. 내가 강아지의 똥을 정기적으로 치우리란 건 상상도 못했던 일이야. 그 겨울은 내게 해볼 수 없다고 여긴 걸 가능하게 해준 시간들이기도 했어.

조제된 아침밥을 주고, 그 다음에 가장 어려운 일 중의 하나인 쓴 약을 먹여야 했지. 사실 나도 쓴 약은 싫어. 어릴 적 값비싼 녹용으로 약을 해다 주면 먹는 척하다가 화장실 세면기에 쏟아 버리곤 했었는데… 아니 이놈이 나랑 똑같은 짓을 하고 있더라고. 약을 다 받아먹고는 옥상 뒤로 슬그머니 사라져서는 퉤! 하고 약을 뱉는 거야. 얼마나 화가 났던지, "야, 너 죽을래!" 하고 소리를 질렀지. 강아지라는 것도 잊고 말야.

자이언트 슈나우저는 사람을 능가하는 뇌를 가진 듯했어. 머리 크기도 나와 비슷했다니까. 그 다음날부터는 삼시 세끼 약을 먹이기 위해 나도 매일 먹지 못하는 치즈를 들고 가서 얼르고 협박하고… 그러면서 난 그 강아지 '딸이'와 정이 들기 시작했어. 마치 리트머스지가 물들 듯 아주 천천히… 내가 느끼지 못하도록 말야.

딸이를 재우기 위해 난 이탈리아에서 큰맘 먹고 산 핑크빛의 아름다운 아르마니 운동화를 희생시켜야 했어. 그 놈의 딸이는 내 운동화에 환장을 해서 꼭 베개처럼 베

야 잠이 들었으니까. 그럼 난 그 다락방 같은 곳에서 쭈
그리고 신문을 읽든가 책을 읽었지. 30분쯤 지나면 새근
이 잠이 들었는데, 내 운동화에 편안히 머리를 묻고 자는
그 녀석이 밉지만은 않았어. 그렇다고 잠든 강아지와 웅
크리고 앉아 다락방에 있을 인내심은 없었지. 그래서 살
짝 빠져 나가려고 하면, 어떻게 알았는지 금방 눈을 뜨면
서 나가지 못하게 문을 막곤 했어.

암튼 그해 겨울을 난 딸이와 함께 그렇게 보낼 수밖에
없었지. 그리고 한 달 뒤, 딸이는 기적적으로 폐렴을 극
복했어. 난 나의 공을 식구들에게 알리려고 노력했지. 한
껏 거드름을 피면서…. 딸이는 다시 정원으로 내려올 수
있었어. 고맙게도 말야.

세상에는 '절대적'이란 건 없다는 생각이 들어. 난 앞
으로 "내 생각이 절대적이다"라고 주장하지 않으려 해.
그리고 "절대 난 하지 않겠어!"란 확신적인 말투도 쓰지
않을래. 인생은 그렇게 100%의 답을 용납하지는 않는
것 같아. 내가 그 커다란 강아지와 한겨울을 날 줄 누가
알았겠어?

소록도의 사랑

경상도와 전라도를 친한 친구와 여행했어. 그녀는 아주 운전을 잘하는 데다 행선지를 정하는 데 과감했지. 나는 그 점이 마음에 들었어.

운전을 못하는 나는 보조석이 내 자리인양 생각하고 살아왔고, 그 자리에 타면 부족한 잠을 자는 것으로 생각했었어. 그런데 요번만큼은 DJ도 되고, 음료수 캔도 따주는 조수의 역할을 하기로 마음먹었지. 심지어 내가 지도를 읽으려고까지 했다니까. 지도를 읽으려 노력했다는 것만으로도 대단히 발전적인 태도라고 할 수 있지. 안 그래?

또 한 가지 놀라운 사실을 이야기해 줄까? 내가 말이

지, 여행 감흥에 젖어 시를 썼거든. 제목은 '소록도의 사랑'이야. 웃지 말고 진진하게 읽어 줘. 난 정말 진지하게 썼으니까.

　　사랑을 하기에 이 세상에는 너무나 많은 가치가 있습니다. 국적, 나이, 외모, 돈, 명예, 집안, 학벌… 가진 자와 그렇지 못한 자… 세상에는 마음대로 사랑할 수 없는 것이 의외로 많습니다. 그 기준은 누가 만든 것입니까?
　　얼마 전 소록도에 갔었습니다. 비경들이 아픈 역사와 함께 숨어 있었습니다.
　　한 여행자가 목이 말라 물을 좀 달라고 하니 수도꼭지를 가리켰습니다. 잠시 망설였지만 목이 너무 타 수도에 입을 대고 물을 마셨습니다. 그 여행자는 나병 환자의 환한 웃음과 삶의 속내를 들을 수 있었습니다.
　　병이 있는 소록도의 사람들은, 서로가 잘 보이지 않는 아름다운 숲과 바다에서 사랑을 합니다.
　　서로의 모습을 보면 눈물이 나, 차마 바라보기가 힘들어서… 그의, 그녀의 마음만큼 아름답고, 간직한 슬픔만큼 깊은 바다를 바라봅니다. 그도, 그녀도 사랑하는 사람의 모습을 소록도의 그 아름다운 바다라고 기억하고 있습니다.

세상은 평등하지 못하더라도 사랑만큼은 공평할 수 있습니다. 쉽진 않지만, 사랑하는 사람에 대한 의지로 만들어 갈 수 있습니다.

소록도에 선 그날, 가지고 있던 수많은 가치가 많이도 부끄러웠습니다. 우린 정말 깨끗한지 한 번은 묻고 싶었습니다.

암튼 내 시의 중요한 포인트는 '그도, 그녀도 사랑하는 사람의 모습을 소록도의 그 아름다운 바다라고 기억하고 있습니다'에 있어. 소록도는 참 숨겨진 비경이야. 아름답기에 숨겨 놓고 보고 싶어지지.

그런데 여기서 하나, 부끄러운 일이 있었어.

소록도에 도착해서 차를 운전해 들어가려고 하는데, 한 나병 환자가 우리 차에 붙어 안까지 태워 달라고 하더군. "안 돼요"란 말의 '안'이 잘 안 들렸는지 차의 뒷문을 열었어. 여기서 말해 주고 싶은 것은, 특히 남자들은 여자들의 '안 돼요'를 '안 돼요 돼요…돼요'로 들으니 의사 표현을 정확히 하라는 점이야.

암튼 그 상황에서 우린 둘 다 그 더운 날씨에도 불구하고 냉장고의 급속냉동 버튼이라도 누른 듯 얼어 버렸지. 나병에 무지했던 우린, '옮으면 어쩌나'란 생각을 했던 거 같아. 무식해서 생기는 두려움 같은 거 말야.

그런데 그 환자는 우리에게 얼마나 고마워하는지…. 차에 내려서 잠깐 기다리라고 하더니 음료수를 가져다 주더군. 조금 겁이 나긴 했지만, 나는 너무 목이 말라서 '뭐, 죽기야 하겠어'란 심정으로 벌컥벌컥 마셔 버렸지. 그 점이 맘에 들었는지 그가 아주 기쁜 표정으로 소록도에 대한 이야기를 해주더군.

여기 성당에 다녀서 세려명대로 불리는 아줌마가 있었대. 막달라 마리아….

막달라 마리아 아줌마는 남편과 사별한 지 4년이 되었대. 남편은 죽으면서 "이제 남은 여생을 남을 위해 헌신하라"며 아내의 손을 잡았다고 해. 참 무서운 남편이지? 그런 무거운 과제를 주고 말야. 마리아 아줌마는 특히 불구가 심한 환자들을 물심양면으로 도우셨대. 나라면 귀지를 파 가며 잘 안 들렸다고 모른 척 넘겼을 수도 있을 법한데. 그 아줌마는 된 사람이셨나 보더라구.

또 소록도의 환자 가운데는 사리 분별이 밝은 분으로 소문이 자자한 홀로 사는 아저씨가 있었대. 이분은 같은 성당 신자로, 세례명은 '다니엘'. 이분은 완전히 시력을 잃어 실명을 한 환자였대. 아무리 사리 분별이 밝은 분이라고 해도 앞을 볼 수 없어서 때로는 안타까운 상황이 벌어지곤 했대. 그래서 보는 이들을 더욱 안타깝게 했다지. 막달라 마리아 아줌마는 처음에는 같은 신자로서 다니엘 씨를 대하다가 그만 하루는 자신의 눈 한쪽을 기증하시겠다고 나섰대.

한 눈으로도 세상은 볼 수 있기에, 두 개의 눈을 가진 자신이 사치처럼 느껴졌다고 그러셨대. 그러나 산 사람의 눈을 기증받을 수는 없잖아? 그래서 다니엘 씨는 마음으로 다 받겠다고 하며 눈물을 주루룩 흘렸대. 이성적이고 차분한 그에게 눈물은 어울리지 않았지만, 옆에서 지켜본 몇몇 사람들조차 울먹거렸다고 해.

그 다음날 동료 환자들 중 하나가 제안을 했대. 두 사람이 같이 살면 눈보다 더한 의지가 되지 않겠냐고.

마리아 아줌마는 자신이 없었지만, 혼신으로 기도를 드린 끝에 오랜 고민을 털고 결정을 내렸지. 봄이 움트는 어느 날 〈막달라 마리아〉 아줌마와 〈다니엘〉 아저씨의 혼

배성사가 거행되었대. 많은 신도들의 축복 속에서 말야.

　그 둘의 신혼 여행은 차를 타고 섬을 한바퀴 도는 거였대. 에게~할지도 모르지만, 여긴 어느 섬보다도 낭만적인 풍경을 가지고 있어.

　그분의 이야기는 이어졌어. 그만큼 우리에게 신이 난 거지. 그럼 얘기를 계속할게.

제일 비싼 유산

<u>그분은</u> 이야기 상대가 필요했는지, 30분 정도 이야기를 해주었지. 그 가운데서 가장 기억에 남았던 이야기를 해줄게.

소록도에 갓 부임한 간호사가 있었대. 새로 온 간호사에게 마을 환자들이 제일 먼저 묻는 질문은 성이 무엇이냐는 것과 종교가 무엇이냐는 것이래. 이름이 아니라 성을 묻는다는 건 좀 특이하지?

말초신경이 무감각해지는 만성 피부병인 나병의 궤양은, 건강한 사람의 상처와는 성질이 다르다고 해. 환자의 태반이 기형의 손이나 발에 몇 년, 심지어 20년 묵은 크고 작은 상처가 있지.

암튼 이 간호사는 학교에서 배운 지식을 활용하기에는 현실이 너무 동떨어져 있다는 걸 알게 됐지. 그러나 간호는 불행한 사람에게 사랑을 주는 것이고, 간호는 기술이 아니라 애정으로 하는 것이라는 선생님의 말씀을 교훈 삼아 간호사의 길을 포기하지 않았대. "불행한 사람에게 정성을 쏟고 있는 동안 자신의 문제는 해소된다"고 하신 선생님의 말씀을 책상 위에 붙여 놓고 힘들 때마다 보았다는군. 간호사는 자신의 성의를 다하여서 간호하였는데, 가끔 힘이 들 때는 누구에게도 들키지 않도록 화장실에서 울곤 했대. 참견하기를 좋아하는 이 아저씨의 레이더에 간호사가 들어왔던 게지.

또 소록도에서 지내다 보니 작은 쇼핑도 사치처럼 여겨져 최소의 물건으로 살아가려 애썼다더라. 손과 발, 몸이 성한 자신은 하나님에게 큰 축복을 받은 것이라고 믿었기 때문이래.

그러던 어느 날 간호사가 특히나 정성을 들였던 박할아버지가 끝내는 죽고 말았다더군. 자신이 간호한 환자 가운데 처음 맞는 죽음이라, 아직 어린 간호사의 슬픔은 더없이 컸고, 그걸 받아들일 준비가 되어 있지 않았대.

사랑의 기적을 바란 거지.

수술을 두 번이나 하고 뱃속을 거의 드러내 놓고 한 달을 살았던 환자였다는데, 간호사는 할 수 있는 한 자기의 몸과 수고를 아끼지 않고 간호했대. 자신의 간호가 그 환자를 살릴 수 있을 거라고 굳게 믿었나 봐.

절개되어 훤히 드러난 복부의 치료는 두 시간이나 걸렸고, 마스크를 두 겹으로 쓰지 않으면 그 방에 들어설 수조차 없었대. 눈을 닦아 주고 욕창을 방지하기 위해 등 뒤에 두터운 탈지면을 옮겨 가면서 애를 썼지만, 할아버지는 그런 자신의 모습을 매우 힘들어했다더군.

간혹 박할아버지는 "오간호사 공은 머리카락으로 신을 삼아도 못 갚을 게야" 하고 미안해 하며, 하늘나라에 가면 상받을 거라고 가는 목소리로 이야기하곤 했대. 그럴 때마다 간호사는 볼이 발갛게 되며 고개를 떨구었다고 해. 그렇게 정성 어린 간호가 보람도 없이 상태는 점점 악화되었고, 나으리라는 그 믿음도 작아질 무렵 박할아버지는 하늘나라로 가셨대.

장례식을 마치고 돌아와 힘없이 치료실에 앉아 있는 그녀에게 할아버지와 같은 방을 썼던 아저씨가 포장된 상자를 내밀었다는군. 돌아가신 할아버지가 고맙다는 말과 함께 남긴 것이라고 얘기와 뜻을 전했대. 할아버지는 죽기 전에 예금된 5만원을 찾아 3만원은 장례비로, 1만원은 교회에 헌금하고, 나머지 1만원은 오간호사에게 제일 비싼 내복을 사다 주라고 신신당부했다는 거야.

여기 환자들은 자기가 죽으면 쓸 장례비를 평소에 저축해 둔다는군. 병원에서 장례식은 치루어 주지만, 장례식에 참석하는 동료 환자 조객에게 나누어 줄 라면 값은 본인이 제공해야 하기 때문이래. 라면 값이라니…. 장례는 그저 장례식에 참석하는 조객에게 라면 한두 봉을 나누어 주는 것으로 끝난다고 해.

어린 간호사는 선물 상자를 들고 창가로 나가 오래도록 하늘을 쳐다보며 눈물을 흘렸대. 할아버지의 귀한 선물, 내복 상자를 꼬옥 안고 말야.

소록도가 멀어지는 모습을 보며 죽음을 생각했어. 죽음과 재산…. 사람은 누구나가 죽음을 맞이하는데, 내 재산—아직 재산이랄 것도 없지만—이 있다면 난 무엇일까 생각해 보았지. 쉬운 질문이 아니야. 내겐 5만원보다 많은 돈이 있지… 그래서 더 어려운 거 같아.

문학

우리 주위엔 너무 많은 세잎클로버의 행복이 있는데
네잎클로버의 행운만을 찾는 거 같습니다.
마음을 열 줄 아는 행복이 문학 속에 있습니다.

소금 편지

1년에 몇 통의 편지를 쓰니? 받은 편지 중에 오래되었지만 간직하고 있는, 그런 편지가 있니? 혹시 보낸 편지 중에 기억하고 있는 게 있어?

너의 상자에서 내가 보낸 편지들이 차곡히 쌓여 있는 것을 보고, 나는 그때 그 감정과 생활이 소중한 보물 같더라. 그래서 내게 준 편지를 염치없이 다시 뺏어와 버린 거야. 나도 잊었던 나의 감정을 기억하고 싶어서. 그런 거 같아. 편지는 주는 사람은 잊어버리지만, 받는 사람에겐 기억의 저장 창고 같은 거….

마음으로 흘린 눈물을 담은 '소금 편지'와 같은 사연이 있어. 진심으로 사랑하는 사람에게 전달하고 싶은, 마음이 담긴 그런 이야기 말이야.

　한 학교에 밤늦도록 불이 켜져 있었어. 허름한 건물 창가에 비치는 열 명 남짓한 그림자. 머리가 희끗하신 선생님과 그리 나이 차도 나보이지 않는 학생들이었지. 하지만 어떤 수업보다도 열성적인 모습이 느껴지는 장면이야. 선생님의 단정한 목소리를 따라 단어를 받아 적는 나이든 학생들의 손길이 보였지. 한 손에는 지우개, 또 다른 손에는 연필을 들고, 한 자 한 자 정성껏 적는 모습은 사뭇 진지했어. 그 가운데 유독 진지해 보이는 한 아줌마가 있었는데, 그 아줌마는 생애 가장 힘들면서도 즐거운 일을 꾸미고 있다고 했어.

　지금부터 30년 전, 그 아주머니는 하루 끼니도 잇기 힘든 가난한 집에서 어린 동생을 업고 쇠죽을 끓이다가 그만 넘어지고 말았대. 그 일로 오른쪽 팔에 심한 화상을 입었지만, 가난 때문에 집에서만 치료를 해야 했지. 하지만 심한 화상은 다만 상처로만 남은 것이 아니었어. 한동안 큰 고통으로 학교도 갈 수 없었고, 시간이 지나자 상처는 아물었지만, 예전으로 시간을 되돌릴 수는 없었지. 그녀는 학교도 가고 싶고, 또래 친구들과 같이 어울리고도 싶었을 거야.

하지만 심성이 착한지라 부모님의 마음을 다치게 하는 일은 하지 않았대. '언젠가는 배움의 기회가 있겠지' 하고 가난한 생활 속에서도 꿈을 포기하지는 않았지. 그렇게 길고 긴 희망을 품고 인내를 가지며 고단한 하루를 보내다 지금의 남편을 만난 거야. 천성이 착하고 듬직한 남편과 이해심이 넉넉한 시어머니의 배려로 딸 아들 하나씩 낳고, 일상의 여자의 즐거움을 알게 되었지. 세상을 사는 행복함을 알게 되면서 그녀는 안주했고, 오랜 그녀의 꿈은 멀어져 가는 듯했어.

그런데 아이들이 커 가면서 상황은 달라졌어. 자신의 우주라고 여기는 엄마에게 질문이 많아지면서 그녀는 글도 못 쓰고 못 읽는 자신이 한없이 초라하게 느껴진 거야. 자신의 보물인 아이들에게 자신없이 주뼛거리는 모습은 그리기 싫은 그림이었고 현실이었대.

그런 아줌마에게 남편은 가족들 이름과 전국 8도의 이름을 한글로 쓰는 법을 알려 주었대. 하지만 그걸로는 아이들에게 책 한 권 읽어 주지 못했고, 편지 한 장 쓰지 못하는 답답한 심정을 달랠 수 없었지.

그런 고민에 빠져 있던 어느 날, 남편은 아줌마에게 야

간 학교 입학서를 내밀었어. "난 괜찮지만 당신이 필요한 거 같아서…"라며 말끝을 흐렸지. 서로에게 긴 설명은 필요가 없었던 거야. 아줌마는 너무나 감사해서 눈물이 났고, 이 주어진 현실에 최선을 다했어. 그래서 아이들에게 책을 읽어 주게 되었고, 전화가 오면 메모도 할 수 있었어.

그런 아줌마가 가족들 몰래 아주 큰 계획을 세웠대. 사업도 힘들고 건강도 안 좋지만, 자신을 이해하고 따스하게 배려해 주는 남편에게 생애 처음으로 사랑의 편지를 쓰기로 한 거지. 이 러브레터는 어떤 문학 작품보다도 값지다는 생각이 들더라. 지난 6개월 동안 글을 배우며, 하루하루 짬을 내어 쓰고 또 쓴 편지를 오늘에서야 남편에게 건넸어. 그 편지를 읽는 남편의 눈에는 눈물이 맺혀 흐르고 있었지. 소금이 물과 만나 그 자취를 감추듯, 그들은 그렇게 서로에게 소금이 되어 있었던 거야.

감사합니다, 여보.

당신께 이제야 처음 편지를 씁니다. 서투르지만 최선을 다하고 있습니다.

항상 모자란 저를 아껴 주시고 사랑해 주어 고맙습

니다. 어떤 말을 해야 할지 모르겠습니다.

하지만 당신이 있어 내가 세상에서 의미가 있었다는 것을 말하고 싶습니다.

매년 당신께 편지를 쓰고 싶습니다.

지금은 제가 너무 서툴러서 마음은 벅차오르는데 무슨 말을 해야 할지 모르겠습니다. 하지만 꼭 하고 싶은 말이 있습니다.

글씨를 배울 기회를 주어 고맙습니다.

그리고 사랑합니다.

당신은 내 마음에 별을 주었어요.

세상에도 세월에도 변치 않는 건 소금 같은 사랑이 아닌가 싶어. 그러고 보니 솔직한 마음을 편지로 담는다는 건 쉬운 일이 아닌거 같아. 무엇보다 이 아줌마가 아름다운 건, 세상을 만족할 줄 알고 또 다른 세상을 인정할 수 있는 넉넉한 여인의 지혜를 가졌기 때문이야. 가졌다고 교만하지 않고, 없다고 비굴하지 않으며, 다른 사람을 깎아 내리지 않고, 자신의 현실에서 자족하며, 끊임없이 노력하며 나아가는 그 삶의 태도에 박수를 보내고 싶어.

당신은 하나입니다

한 남자가 한 여자에게 말했어. 100 − 1 = 0이 될 수 있다고. 무슨 뜬금없는 소리인가 했더니, 그는 그녀를 사랑스런 눈길로 보며 다시 이야기하더래.

"100 − 1 = 0이야. 내겐 네가 그래. 내가 가진 100이란 세상에서 너라는 1을 빼면 내겐 아무것도 없어. 내겐 네가 전부야. 왜 그걸 모르니? 이 바보, 맹추야!"

여자는 마음의 눈물을 흘렸대.

진심으로 사랑하는 사람은 세상에 하나고, 그것이 전부인 거야. 아무리 많은 것을 가졌어도 사랑하는 그 하나를 잃어버리면 세상은 무너지고 깜깜한 암흑과도 같지. 그 아픔을 잊어버리려면, 아주 지루하고 외로운 긴 세월이란 터널을 지나야 해. 사랑의 법칙은 산수와는 상관없어. 하나를 잃는 게 전부를 잃는 것이지. 여기 몇 백 년 전에 같은 맥락의 사랑 이야기가 있어.

이 이야기는 조선시대에 있었던 실화이고, 이 사연은 몇 년 전 경북 안동시의 택지 개발 중 발굴된 수백 년 전 유물로 밝혀진 이야기래.

발굴 팀이 한 무덤에서 망자의 가슴에 덮인 한지를 조심스레 벗겨 보니 한글로 쓴 편지가 나왔다고 해. 이 편지는 남편의 갑작스런 죽음을 맞이한 아내가 그 큰 슬픔을 억누르지 못하고 쓴 편지래. 세상의 단 하나 사랑이었던 남편의 죽음 앞에 그 여인은 그 사실을 인정하고 싶지 않았나 봐.

조선시대에도 절절한 사랑이 있었다는 생각을 하니, 재미있기도 하고 왠지 어색한 느낌이 들어. '남녀칠세부동석' 어쩌고 하는 유교의 사상을 생각하면 말야.

아무튼 이장되는 과정에서 세상에 모습을 드러낸 이 편지를 자세히 보면, 빼곡히 써내려가다 여백이 모자랐는지 처음 시작한 부분의 여백으로 돌아가 계속 써내려 갔다고 해. 죽은 사람에게 그렇게 할 말이 많았을까? 사연이 많았나? 아니면 사랑이 넘치는 여자였을가?

너 생각 나? 고등학교 때 국사 선생님 말야. 그 선생님

은 가끔씩 졸릴 만하면, 그런 이야기를 했잖아? "한 역사
학자가 '역사는 과거와의 대화'라고 그랬다. 과거와의 대
화를 나누는 게 역사를 아는 길이다"라고 말야. 그땐 무
슨 뜬구름 잡는 소리인가 했는데, 이젠 좀 알 것 같아. 나
도 그 여인과 대화를 나누어 보고 싶은 충동이 일더라고.

> 당신을 향한 마음을 이승에서 잊을 수가 없고
> 서러운 마음 한이 없습니다.
> 이 내 편지 보시고 내 꿈에 오셔서 자세히 말해 주세요.
> 이런 슬픈 일이 하늘 아래 또 있겠습니까.
> 당신은 한갓 그곳에 가 계실 뿐이지만
> 아무리 한들 내 마음같이 서럽겠습니까?

　　장례 전까지 짧은 시간 동안 쓰여진 편지는 지아비에
대한 그리움이 절절히 드러나 있었어.
　　이 편지 외에도 다른 유물을 수습하다 남편의 머리맡
에 겉한지를 벗겨 내자 미투리의 실체가 드러났지. 자세
히 보니, 미투리의 한 올 한 올 재료는 머리카락으로 되
어 있었대.
　　그 미투리를 싼 찢겨진 한지에는 또 다른 편지가 써 있

었는데, "이 신을 신어 보지 못하고 돌아가셨다"란 글 위에 눈물 자국이 떨어져 있었다지. 아… 그 남편에 대한 사랑이 신 위에 눈물로 떨어져 〈소금 편지〉가 되었어.

그 여인에게 그 남편은 세상의 모든 거였나 봐. 한 남자와 한 여자가 만나 사랑을 하고, 생활을 하면서 서로란 가치를 알아 가서, 마침내 영혼이 맞닿을 때 나는 맑은 종소리가 들리는 거 같아. 난 이 여인의 순수한 마음이 '꿈꾸는 어른(Kidult)' 같다고 생각해.

사람들의 스트레스를 측정해 조사한 결과에 따르면, 사람들에게 큰 스트레스 중 하나가 배우자의 죽음이라더군. 그만큼 인생의 목표를 인생의 동반자에 두고 있다는 얘기가 아닐까? 아무튼 부부애가 깊다는 건 정말 부러운 일이지. 그렇게 다정한 부부들의 행복한 결혼 생활의 비결이 궁금해진다.

얼마 전 네가 선물해 준 『혼자인 사람들의 영혼을 위한 닭고기 수프』란 책을 읽으니, 편지 주인공의 결혼식과 첫날밤이 궁금해지더구나.

"할머니, 오랜 세월 행복한 결혼 생활을 하신 비결이 뭐예요?"

할머니는 꽃 향기가 나는 향수를 손목에 살짝 뿌리며 대답했다.

"아무렇게나 결혼하지 않는 것."

그 말을 듣는 순간 내가 뜨악한 표정을 지었나 보다.

"아무렇게나 결혼하지 않는 것. 그것만 알면 된단다."

잭 캔필드 외『혼자인 사람들의 영혼을 위한 닭고기 수프』중에서.

모과향을 닮은 사랑

 제일 행복한 사나이다.

아내가 찻집을 경영해서 생활의 걱정이 없고,

대학을 다녔으니 배움의 부족도 없고,

시인이니 명예욕도 충분하고,

이쁜 아내가 있으니 여자 생각도 없고,

아이가 없으니 뒤를 걱정할 필요도 없고,

집도 있으니 얼마나 편안한가.

막걸리를 좋아하는데 아내가 다 사주니

무슨 불평이 있겠는가.

더구나 하느님을 굳게 믿으니

이 우주에서 가장 강력한 분이 나의 빽이시니

무슨 불행이 온단 말인가

지난달, 너와 간 인사동 길은 참 좋았어. 가도 가도 질리지 않는 곳은 많지 않은데, 인사동은 내게 그런 곳이야. 먹의 냄새가 나기도 하고, 머리와 마음이 텅 빈 거 같을 때 가면 항상 위로가 되어 주는 친구 같은 곳 말야.

오늘 난 친구가 필요했어. 너를 부를까도 생각해 봤지만, 무언가 말로 쏟아 놓을 만큼의 힘은 없었거든. 아프진 않았지만 고질적인 감기 기운이 맴도는 듯해서 너에게 옮기고 싶지도 않았고. 아무튼 인사동 길은 너 같다. 봐도 또 보고 싶은 이곳을 거닐다 다리를 쉬게 하려 〈귀천〉이란 풍치 있는 찻집에 갔어.

이곳은 천상병 시인의 가장 이쁜 여자이자 편안한 막걸리를 사주었던 아내 목순옥 씨의 찻집이야. 작고 아담한 찻집은 안락한 서재 같았고, 맛난 모과 향기가 혀끝에 전해지면서 시간이 정지된 것 같았어.

사랑은 모과차와 비슷해서 그 사람의 언행으로 은근하게 상대방에게 향기를 남기는 거야. 차를 끓일 때는 너무 뜨거워서도 미지근해서도 안 되고 적당한 온도가 중요한

데, 사랑도 적당한 거리에서 서로 바라봐 주어야 하지 않
을까 싶더라. 따스한 관심과 지켜봄으로 사랑의 불이 꺼
지지 않도록 조심해야 해. 사랑의 시작은 누구나 할 수
있지만, 그 시작된 사랑을 지켜 내어 끝까지 같이 가는
거란 쉽지 않거든.

나 하늘로 돌아가리라.
아름다운 이 세상 소풍 끝내는 날,
가서, 아름다웠더라고 말하리라.

「귀천」으로 잘 알려진 그의 시를 음미했어. 잔잔한 파
도의 물결처럼 다가오는 시 한 편 속에 삶의 깊은 세월과
은근한 모과차 같은 사랑이 느껴져. 한 위대한 시인의 소
박한 행복감을, 시간을 떠나 같은 공간에서 어렴풋이 느
끼고 있어. 그림자처럼 천상병 시인이 이곳을 바라봐 주
고, 지켜 주고 있는 것 같았어.

인생을 소풍이라고 말하며 단 하루의 행복을 알고 있
던 그에게 아내는 어떤 자리였을까?

부인이 찻집에서 일하고 돌아올 동안 시를 써놓고, 아
내의 작은 평을 위해 조바심 나는 어린아이마냥 기다렸

을 그분의 모습을 상상하니 웃음이 저절로 나네.

늦게 들어오는 날이면 그녀가 곤히 자는 머리맡에 시를 놓아두고, 일찍 마치는 날이면 주머니에 넣어 둔 꼬깃꼬깃한 시를 자랑이라도 하듯 "봐라" 하며 꺼내 들었다고 해. 단초롬한 단발머리에 조용하고 편안한 말씨로 그의 모든 것을 받아들였을 그녀를 상상해 봐. 평범하지 않은 한 시인의 삶이 쉽지만은 않았을 텐데 말야. 그는 하늘에서 내려준 천사'라고 늘 아내의 자리를 자랑했다고 하더군.

살아가면서 심한 고문을 겪어야 했고, 삶을 아파했던 그 스스로가 "내가 세상에서 가장 행복한 사내다"라고 자신있게 말할 수 있는 것은, 바로 이런 아내가 있어 주었기 때문이 아닐까. 가장 가까이서 바라봐 주고, 아껴 주고, 기침 소리 하나에도 마음을 써주고, 하루를 시작하고 마감할 때 항상 가까운 곳에서 감사의 표정으로 있어 준 아내의 자리 말이야.

모과차의 향기처럼 그 부부의 사랑의 향이 내게 은은하게 전해지는 듯해. 사랑도 전염되는 건가 봐. 남의 사랑에 이렇게 기분이 좋으니 말야.

초록 별 맹그로브 숲

멀리서 바라보는 초록 별 지구는 외계인들이 탐내할 만큼 살기에 좋고 아름다운 거 같아. 하늘로 떠올라 사진을 찍는 사진가 얀 아르튀스 베르트랑의 카메라 렌즈에는 한 폭의 그림 같은 지구의 사진이 담겨 있는데, 지저분한 것까지 곱게 포장된 그의 사진을 보면서, 난 어린 왕자가 지구를 여행한다면 이런 앵글에서 보지 않을가 싶은 생각이 들더라.

특히 남태평양 뉴칼레도니아의 맹그로브 숲을 찍은 사진을 보면, 거대한 초록 별에 하트 문양의 심장이 하나 박혀 있는 듯하더군. 나는 눈을 감고 그 하트 문양의 맹그로브 나무 사이에서 어린 왕자와 만나 대화하는 걸 꿈

꿔 봤어.

어린 왕자가 좋아한 맹그로브… 어린 왕자는 왜 그 숲을 좋아했을까?

그 숲의 나무는 참 특이하게도 바닷물에 정기적으로 잠기는 연안에 살면서 세포 안에 염분을 받아들이며 살아가는 방법을 터득한다더군. 씨앗이 물 위에 떨어지면 뿌리를 내리기 전에 쓸려 갈 것을 염려해 나무에 달린 채로 10cm 정도 자란 다음 뛰어내린대. 이 숲은 밀물일 때 해면보다 위에, 썰물일 때는 바닷물 속에 잠긴다고 하네. 재미있지 않아?

맹그로브 숲이 안전한 곳이라고 믿는 인도네시아의 원주민 바조 족은 지붕이 달린 작은 보트를 타고 일생을 바다 위에서 산대. 그들은 육지에 온갖 질병이 살고 있다고 믿는데, 필요한 물품을 구하러 오는 것 빼고는 바다에서 살아간대.

육지에 있다가도 폭풍이 불면 그들은 바다로 달려가 자신들의 배를 타고 그들을 보호해 주는 맹그로브 숲으로 간대. 바조 족에게 있어 맹그로브의 세포 안의 소금은 자신의 믿음이고, 지탱해 주는 힘이지 않을까? 어린 왕자의 여우처럼 말이야. 누구든 절대적 믿음과 변치 않는 사랑이 존재한다는 건, 벗어날 수 없는 행복이 아닐까?

거대한 맹그로브 숲이 하트 문양으로 보여지는 그 사진을 바라보고 있노라니, 어린 왕자가 바조 족의 배를 타고 맹그로브 숲을 향해 가는 듯 보였어. 나는 기쁜 마음에 말을 걸었지.

"세상에서 가장 어려운 일은 사람의 마음을 얻는 일 같아. 각각의 얼굴 만큼이나 다양한 각양각색의 마음은 순간에도 수만 가지 생각이 떠오르는데, 그 바람 같은 마음이 머물게 한다는 건 정말 어려운 거 같아."

그러자 어린 왕자는 날 바라보면서 말없이 미소짓더라. 그 미소에 용기를 내어 난 고백했지.

"너를 따라 여러 별에 여행 다니고 싶어. 너만 허락한다면 말이야. 같이 다니면 굉장히 재미있을 것 같아."

그런데 어린 왕자는 의외로 시큰둥하게 대답하는 거야.

"초록 별 지구는 너무도 아름다운데, 넌 왜 멀리 있는 다른 별을 그리워하지? 나는 이 숲을 참 좋아해. 바다가 만든 이 하트 무늬의 숲을 말이야. 세상은 우리가 아는 것보다 진기한 게 많고, 같은 공간 속에서도 끊임없이 진화를 하지. 이를테면 너의 추억의 장소가 10년을 지나도 그대로 있을 수 있는 행운은 생각보다 적으니까. 세상은 빨리 변해. 변하는 가운데 네가 잡고 싶어하는 사람의 마음은 그나마 쉬운 거지. 중요한 것은 눈에 보이지 않는 거야. 보이지 않는 것을 보도록 노력해 봐."

나는 뒤통수를 맞는 듯 뒷머리가 띵했지. 그제야 난 지구라는 초록 별이 어떤 별보다 아름다운 곳이라는 걸 깨달았어. 우주 여행이라는 원대한 꿈보다는 인생이라는 여행을 좀더 재미있고 값지게 보내리라 다짐했지.

베르베르의 『나무』에서처럼, 시간 전문 여행사의 VIP 손님이 되어, 마음에 두고 있는 남자가 첫사랑을 만나기 전으로 돌아가, 그의 첫사랑이 되고 싶다는… 그런 재미난 상상도 해보면서 말야. 때론 2%가 98%가 될 수 있듯이, 사랑한다는 것은 감각적 외면 저 너머의 '영혼의 무지개'를 뜨게 할 수 있다고 믿어!

혼인 서약서

나의 세계는　All or Nothing. 알면서도 속보다 겉에
속는 경우가 많았어. 한 살 나이를 더 먹으면서 내가 스
스로에게 결심하는 건, '심미안'을 키우자는 거였지.

물론 아직 배울 것이 너무 많아서 앞으로도 새로운 다
양한 사람을 만나겠지만, 이젠 겉보다는 속의 기준으로
만남의 인연을 맺고 싶어.

결혼식을 다니면서 생각한 건데, 신부는 우는 모습보
다 활짝 웃는 모습이 보는 이의 맘도 편하고 좋더라. 마
음을 화장하는 일처럼 미소는 상대에게 나를 전달하는
거 같아. 미소는 비교될 수 없을 만큼의 마음의 자산이기

도 하지.

얼마 전 선배 결혼식에 참석했어. 그 선배가 신부를 소개해 주었을 때는 신부의 빼어난 미모에 '영화계에 몸담고 있다고 역시 다르군' 싶었지. 선배를 놀릴 양으로 신부에게 뭔가를 물어보자, 알아듣기 힘든 소리를 내어서 당황했어. 설마 했는데, 잠시 후 선배가 다가와 그녀의 입을 대신했어. 회사 동료들은 내색하지 않으려고 했지만 당황한 모습이 역력했지. 선배는 겸연쩍은 웃음으로 그 자리를 채웠어.

결혼을 축하하러 온 사람들은 그런 사실에 수근거렸지. 식이 시작되었고, 난 처음으로 신랑 신부가 나눈 혼인 서약이 이루어지길 기도했어. 참 짧고 간단하지만 어떤 서약서보다 귀한 거란 생각이 들더군.

"신랑 ＊＊＊군과 신부 ＊＊＊양은 어떠한 경우라도 항시 사랑하고 존중하며, 어른을 공경하고, 진실한 남편과 아내로서 도리를 다할 것을 맹세합니까?"

신랑은 "예!"라고 힘있게 대답했지만, 너무도 긴장한 나머지 갈라진 목소리로 폭소를 자아냈지. 평소 당당하기만 했던 그 선배에게 그렇게 순수한 모습이 있었나 싶어 나도 웃고 말았어. 이어 신부는 목소리가 아닌 마음 가득한 고갯짓으로 한 남자를 섬기는 아내가 되겠다고 맹세했어.

이어 주례사가 시작되었고, 그 선배는 손을 조심히 움직였지. 신부에게 손으로 부지런히 말을 옮기고 있었던 거였어.

그 모습을 본 주례 선생님은 말씀하셨어.

"여기, 세상에서 가장 아름다운 신부에게 신랑이 세상에서 가장 아름다운 말을 해주고 있군요. 군자는 행위로 말하고, 소인은 혀로 말한다 합니다. 오늘 저는 혀로 말하고 있고, 신랑은 행위로 말하고 있습니다. 신랑 신부 모두 군자의 자격이 있는 것입니다. 여러분, 사랑은 어떤 말보다 몸짓과 손짓이며, 그래서 자기를 포기하는 아픔을 뜻하기도 합니다. 상대방을 배려하기 위해서는 때론 내가 좋아하는 것을 포기해야 하고, 때론 가장 소중한 것을 버려야 하기 때문입니다. 남은 인생의 전부를 그 사람과 함께 하겠다는 결단은, 사실 너무 무모한 생각이기도 합니다. 두 사람이 함께 할 수 있는 것은, 오직 그대만이 시련과 어려움으로 가득한 이 세상에서 끝까지 나와 함께 있어 줄 것이라는 믿음이 있기 때문이고, 그대의 아픔과 괴로움과 고독에서 그대의 곁을 떠나지 않고, 함께 그 모든 것을 같이 할 거라는 사랑이 있기 때문이며, 그러한 믿음과 사랑으로 행복할 수 있을 거라는 희망 때문이기도 합니다."

주례사가 계속되는 동안 바쁘게 움직이는 선배의 손과 끄덕거리는 신부의 모습에 어느새 내 자신도 끄덕거리고 있었지. 이 결혼식은 내게 아주 특별한 결혼식으로 기억되고 있어.

인식을 뛰어넘어 남의 시선 따위는 아랑곳하지 않는 그 둘의 대화가, 그렇게 보는 이들을 부끄럽게 만들었던 거 같아. 그 두 사람에게 나는 어느 때보다도 진심이 담긴 큰 박수를 보냈어.

현실이 중요하지만 결혼을 환경만으로 결정할 순 없잖아? 설명할 수 없는, 긴 마음의 끈이 있는 것 같아. 세상은 All or Nothing만은 아닌 거야. 그치?

단 하나의 사랑

<u>고등학교 때를</u> 생각하면 떠오르는 두 선생님이 있어.

우리 학교의 유일한 총각 선생님과 국어를 친근하게 만들어 주셨던 국어 선생님.

유일한 총각 선생님은 수학 선생님이었는데, 아쉽게도 얼굴의 조합이 제대로 이뤄지지 않아, 별명이 '흩어져라 이목구비'였어. 게다가 '빵빠레'를 먹으면 벌어진 앞니 사이로 아이스크림이 튀어나와 박장대소를 했더랬지. 그래도 유일한 총각이란 이유로 꽤 인기가 많았어. 나도 그 수학 선생님을 좋아했냐고?

그때 난 다른 선생님을 마음에 두고 있었어. 아주 단아한 모습에 야무진 말투의 국어 선생님 말야. 아쉽게도 여자 선생님이었는데, 내가 언젠가 글을 쓰게 된다면 이분 때문일 거라고 생각했지.

한 번은 수업시간에 「산 너머 남촌에는」이란 시를 적더니 "자아" 하시며 "사~안 너머 남촌에~는 누가 살길래, 해마다 봄바람이 남으로 오네"란 노래를 당당하게 부르셨지. 국어 시간에 노래로 공부할 수 있다는 걸 알려준 분이셨어. 학생의 눈높이에서 좀더 재미있고 알기 쉽게 들려주는 그 선생님의 수업은 내게 동경의 대상이었지. 매일 국어만큼은 예습과 복습을 해서 혹시나 그 선생님이 나를 지목한다면 눈을 마주치며 또박또박 대답하고 싶었어. 한 번은 그 선생님의 생일 선물을 준비한다고 조회 시간에 교실에서 몇몇 친구들이 남아 종이학을 접다가 호랑이 체육 선생님에게 걸려 호된 벌을 섰던 적도 있었지.

어쨌든 나는 '사람은 자기가 사랑하는 사람에게서만 배운다'는 괴테의 말을 믿어. 사람은 자신이 꿈꾸는 이상형대로 가게 돼 있거든.

얼마 전, 10년 차이 나는 사람 좋은 대선배에게 들었는데, 자신의 부모님들은 그 나이에도 참 부부애가 좋아서 민망할 정도라고 했어. 큰 욕심이 없이도 행복할 수 있고, 가진 게 많지 않아도 하루가 충만한 건, 그분들의 사랑이 그대로 전달되어 마음이 편안해지기 때문이라는 말도 했지. 그 말을 듣고는 깨달았어. 그분 눈 안에는 서로 사랑하는 부모님이 들어 있어서, 그리도 사람을 사랑하고 베풀 줄 안다는 걸 말야.

난 그 선배와 어릴 적 아주 재미있게 보았던 『말괄량이 삐삐』의 작가 아스트리드 린드그렌에 대해서 이야기를 나누었어. 말괄량이 삐삐… 하늘과 수평을 이루는 양갈래 머리에 주근깨 가득한 얼굴, 양쪽 발에는 다른 스타킹을 신고, 엉뚱한 행동을 하는… 어이없기도 재미나기도 한 그 삐삐 말야.

삐삐의 작가 린드그렌의 이상형은, 그녀의 부모님들의 사랑이었대. 린드그렌은 잠시 반항아가 되어 방황한 적도 있었지만, 늘 자기를 믿어 주었던 부모님을 떠올리며 바른 길로 되돌아올 수 있었다고 해.

부모에게 받는 사랑은 중요하지. 하지만 그보다 더 중요한 것은, 부모님이 보여 주는 사랑인 거 같아. 그 사랑이 자식에겐 세상을 보는 가치관을 만들 수 있거든. 린드그렌에게는 그 두 분의 사랑이 어느 교과서보다도 훌륭했다고 해. 그녀의 부모님은 죽음이 서로를 갈라놓을 때까지 지극히 사랑하는 부부였대. 함께 있는 것만으로도 즐거워하는 부부의 모습은, 그녀의 행복한 어린 시절에서 가장 큰 부분을 차지하게 되었다더라.

그녀의 아버지가 복막염에 걸려 위독했을 때도 어머니는 한 달 내내 아버지의 곁을 떠나지 않았대. 인생의 마지막 날까지 아버지는 '아마 다른 사람이었다면 그때 죽었을 것'이라고 확신했고, 훗날 그는 "네 엄마의 기도가 연기처럼 하늘로 올라간 거다"라고 말해 주었다지? 그들은 기쁠 때나 슬플 때나 함께 살았고, 또 서로를 위해 살았고, 그 모습이 그녀에겐 세상을 보는 기준을 만들어 주었던 거 같아.

평생 그녀의 어머니는 그녀의 아버지에게 '진정으로 사랑하는 사람'으로 머물렀다더군. 어머니가 하늘나라로 가고 난 뒤에도 아버지는 줄곧 그녀를 사랑했고, 그녀에 대해 이야기하며, 그녀의 모든 미덕들을 칭찬하는 것을 즐겼다고 해. 94세가 되어 그의 인생의 마지막 역이었던 구호원의 침대에 누워 있을 때도 그는 말했대. "애야, 그런 어머니가 네 어머니란다"라고 말야.

그런 이야기를 듣고 있자니, 린드그렌의 부모는 안개 초 같다는 생각이 들어. 생활을 하면서 사랑하기란 쉽지

않아. 하지만 자식에게 물려줄 가장 큰 유산은 사랑이
아닐까?

보통 부부를 보면 백년해로하라고 하지만, 부부가 같
이 생활하는 시간은 5~6년 내외라고 하는 말을 들었
어. 그중 수면과 식사 시간을 빼면 순수하게 서로를 이
해하고 사랑할 시간은 2년 정도라고 하니, 그 짧은 시간
에 사랑하는 사람을 얼마나 강하게 사랑하고 이해해야
하는지… 다시 한 번 생각해 보게 되더라. 생각보다 우리
에겐 사랑할 시간이 많지 않은가 봐.

나의 이상형— 내가 바라보는 사람을 보다 신중히 할
필요가 있는 듯해. 내가 누굴 부러워하고, 아름답게 보느
냐에 따라 내 인생이 달라질 수 있으니 말야.

친구야, 우리 보다 신중하자!

음악

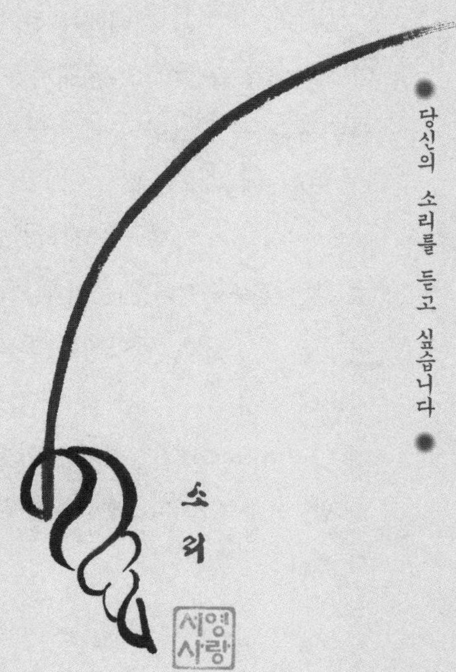

한 신문 배달원의 노래

 선배에게 한겨울에 먹은 참 따스했던 떡 이야기를 들었어. 그는 회사를 옮기면서 꽤 많은 퇴직금을 모두 꼭 필요한 곳에 익명으로 기부해 달라고 자신의 어머니께 부탁했대.

그 어머니는 기부금을 전하셨고, 거기서 너무 고맙다고 하면서 누구인가를 묻더래. 그래서 잘 모르겠다고 하며 그냥 웃으셨대. 돌아서는 발걸음에 "잠깐만요!"를 외치더니 잠시 후 따스한 떡 한 접시를 담아 주면서 "드릴게 이것밖에 없네요" 하며 미안한 듯 보더래. 그리고 그날 밤, 선배는 그 따스한 떡 한 접시를 꼭꼭 씹어 먹었다고 해.

물론 그 선배가 자랑하듯 이야기한 게 아니고 인생에 대한 이런저런 이야기를 하다가 나왔어. 세상에는 보이지 않는 곳에서 따스한 일들이 가끔 펼쳐지곤 하잖아. 알려지지 않도록 말이지.

선배에게 나는 어머니가 겪었던 이야기를 들려주었어.

항상 우리집엔 새벽 다섯 시면 어김없이 쓰윽삭 하는 소리가 들리며 신문이 놓여지곤 하지. 비가 오는 날도, 눈이 오는 날도, 새벽 다섯 시에 조금도 늦지 않고 신문이 놓이는 소리가 나곤 해. 물론 나는 잠이 많아서 한 번도 직접 들은 적은 없고, 어머니께 전해 들은 이야기야.

어머니는 절실한 교인이어서 월요일부터 토요일까지 매일 신문 오는 시간과 맞추어 새벽 기도를 가시곤 했는데, 그때마다 특이하게도 신문 배달원 청년의 특별한 노랫소리를 들을 수 있었다고 하더군.

여느 사람에게는 '좋은 노래구나'라고만 느꼈을지도 모르지만, 어머니는 피아니스트로 여러 연주 경험이 있어서 그 신문 배달원의 목소리가 비범치 않다는 걸 알았지. 한두 번 더 들어 보자고 생각하여 한동안 유심히 그 노랫소리를 들으셨다고 해. 그리고 언젠가 어머니가 탄식처럼 내뱉는 소리를 들었어. "참, 아까워…"라는. 하지만 그는 신문 배달원 청년일 뿐이었어.

신문이 성실히 배달되고, 그의 노랫소리를 들은 지 석 달째 되는 날이었어. 어머니는 여느 때보다 일찍 준비하고 새벽 다섯 시가 되길 기다리셨고, 그 청년과 이야기를 나눌 수 있었다는군.

그 청년의 이야기인즉, 정말 노래를 좋아해 성악과를 가고 싶었지만, 집안 사정이 여의칠 않아 전문대학을 나와 주야로 일하고 있다는군. 하지만 노래를 그만 부른다는 것은 꿈을 잃어버리는 것 같아 그랬노라고, 시끄럽게 해서 죄송하다고 사과를 하더래. 어머니는 그런 뜻으로 물어본 게 아니라고, 손을 내저으며 오해라고 웃으셨지.

그리고 얼마 후, 그 청년에게 어머니는 잘 아시는 유명한 성악가를 소개해 주었지. 그 청년은 노래의 천부적 소질을 인정받아, 일주일에 한 번씩 비싼 무료 강의가 이루어졌다고 해. 듣는 나도 참 찡했는데 정작 본인은 오죽했겠어?

그런데 과연 그 청년이 성공할지는 가르치는 이도, 배우는 이도, 또한 소개시켜 주신 어머니도 의문이었어. 물론 나도 말이야. 그 청년은 아주 어리지도 않았고, 남들처럼 그럴 듯한 대학을 나와 성공적인 간판을 얻은 것도 아니었고, 유학을 갈 정도로 넉넉하지도 못했지. 다만 재능인 타고난 목소리와 성실성이 그의 유일한 무기였는데… 요즘 세상에 그게 쉬운 일은 아니잖아?

그는 그를 바라보는 걱정을 누구보다 잘 알고 있었던 거 같아. 하지만 내색하지 않고, 자신에게 주어진 행운을 행복으로 여기며, 하루하루 무대에 서는 마음으로 최선을 다하였다고 해. 그리고는 서로의 삶이 바빠 잊어버렸고, 하나의 무용담처럼 그렇게 잊혀져 갔었어.

그런데 3년 반 후, 일을 마치고 저녁무렵 돌아오니 그가 어머니를 찾아왔다고 하네. 그건 나에겐 아주 놀라운 일이었어. 그는 아주 고운 무지개빛과 갖가지 모양을 한 떡 한 상자를 가져와서 감사의 말을 전했다고 해. 요번에 처음으로 뮤지컬의 주연이 되었다고, 감사하다고…. 민망할 정도로 고개를 몇 번이나 숙이더래. 몇 번이나 감사의 말을 전하러 찾아오고 싶었지만 작은 보람을 가져오고 싶었다며, 머리를 긁적이며 쑥스러워하는 청년에게 어머니는 미소로 답했다고 해. 정말 멋진 일이라 생각되더군.

그날 저녁을 먹고 어머니는 다과상에 특별한 떡 한 접시를 내놓았어. 그리고 들려주는 기적 같은 노래 이야기를 들으며, 귀중하게 떡을 한 입 한 입 베어물었지. 나는 떡 하나를 놓고 그렇게 귀하게 먹은 적이 없었던 거 같아. 사연을 가진 떡은 그 이야기만큼이나 참 따스했다!

　오랜만에 진심을 담아 나는 어머니께 피아노 한 곡을 부탁했어. 평소에는 질리도록 많이 들어서 값어치를 몰랐지만, 오늘따라 어머니의 피아노 소리가 유난히 아름답게 들리네.

5월(May) 하면 생각나는 사랑

<u>아마도(maybe),</u> 5월(May)에는 누구나 사랑을 하고 싶지 않을까?

촉촉히 비 오는 걸 창가를 통해 바라보고 있어. 비 오는 소리는 정서의 순화도 되고, 가끔은 음악 소리같이 들려. 어릴 적엔 화창한 날씨만을 좋아했지만, 언젠가부터 비가 오는 날도 좋아하게 되었지.

장마철을 싫어하는 한 친구에게 "그럼 니가 비를 피해 다니면 되잖아?"했더니 웃더군. 세상에 따라 내가 존재하는 건 매력이 없어. 최소한 내 인생 정도는 내가 색깔을 만들고, 조합하고, 색칠하기를 원해. 가끔은 세상이 날 고요히 내버려두지는 않지만, 최소한 나를 지켜 내자고 다짐하곤 하지. 작심을 하면 3일은 버틸 수 있잖아?

며칠 전 음악 칼럼니스트인 후배와 만나 이야기를 나누었어. 그 후배가 하도 루마 씨, 루마 씨 하길래 물어봤지. 루마 씨가 네 남자친구냐고. 그랬더니 그 후배가 어이없는 표정으로 날 보면서, 그랬으면 얼마나 좋겠냐고 하는 거야. 그러고는 5월(may)에는 〈아마도(maybe)〉란 곡을 들어 보라고 하며 문화상품권을 주더군.

루마 씨는 바로 유명한 뮤지션이었어. 이루마… 하하. 내가 '루마 씨'를 왜 '이루마'라고 생각하지 못했을까? 그리고 그 후배에게 이루마에 대한 이야기를 내내 듣게 되었는데, 사람 냄새 나는 그 후배가 좋아할 수밖에 없는 사람이더군.

한 남자가 좋아하는 여자와 영화를 같이 보고 백화점에 쇼핑을 나섰대. 영화 보고, 쇼핑하고… 아주 평범한 데이트 코스지만, 좋아하는 사람과의 시간은 무엇을 해도 귀중했겠지? 아무튼 백화점을 올라가는데 멋지고 귀한 피아노가 있었다고 해. 그는 그에게 피아노를 쳐 달라고 조르기 시작했어. 어린아이처럼 말야. 그는 잠시 망설였지만, 여자친구의 마음을 사로잡으려는 마음에 조금

전에 같이 봤던 영화의 주제가를 피아노로 쳐주었대. 피아노를 잘 치는 남자는 여자에게 매력적이지.

좋아하는 여자친구를 위한 피아노 연주는 평소보다 더 깊은 정성과 마음이 들어가 있었겠지? 그는 한 곡이 다 끝나자 여자친구의 표정을 보고 싶었어. 자신을 그윽한 눈길로 바라보아 주길 바라며….

그런데 그의 눈에 들어온 여자친구는 당황한 표정을 짓고 있었고, "어떻게… 사람들이 다 모였어…"라고 속삭였대. 그제서야 그는 주위를 둘러보았고, 정말 거기엔 많은 사람들이 모두 그를 쳐다보며 박수를 치고 있었대. 사람들은 좀더 쳐 달라고 했지만, 그는 더 이상은 정말 창피해서 연주할 수가 없었다고 해. 마치 그녀를 향한 마음이 들켜 버린 것 같아서 말이야. 아마도 그녀랑 단둘이 있었다면 더 많은 곡을 쳐주었을 텐데….

소중한 감정은 드러내기보다 둘이서 같이하고 싶은 것이기 때문일 거야. 친구든 연인이든, 둘만이 은밀히 알고 있는 추억이 때로는 더 재미난 법이지.

음악은 때로는 단 한 사람을 위해서, 때로는 자신의 음악을 좋아하는 모든 사람을 위해서 들려줄 수 있는 사랑의 표현 방법이 아닐까 하는 생각이 들어. 음악이 없는 우리 인생은 아리아 없는 오페라 같지 않겠어?

후배가 들려준 이 이야기가 한 여름의 얼음물과 같은 뮤지션 '이루마'의 에피소드야.

"내 음악의 영원한 주제는 늘 사랑이 될 것이다!"라고 말하는 그는, 여러 곳의 고등학교와 병원, 그리고 작은 마켓 등 다양한 곳을 찾아다니며 연주를 한대. 후배는 자신이 다니는 회사가 주최하는 세미나에서 그를 보았고, 그의 음악에 빠졌다고 해.

그는 어깨에 힘이 들어가지 않아서 좋은 거 같아. 시간도 문제지만 콘서트 티켓 비용이 너무 부담스럽게 느껴지지 않겠냐며 고등학생들을 위해 찾아가는 뮤지션…. 때로는 학교에서 학생과 같이 교가를 부르고, 크리스마스 시즌엔 캐롤송으로 정겨움을 더하고, 자신의 음악회를 음악 수업이라고 말하곤 한다는군. 그렇게 사람을 마음에 담을 줄 아는 뮤지션이기에 더욱 사랑받는 것이 아닐까?

이렇게 빗소리와 그의 음악을 듣노라면 어릴 적 재미있게 읽었던 『사랑의 학교』에 「별 빛 속의 아리아」란 보고 또 보았던 음악 이야기가 생각 나.

세계적인 테너 가수 마리오 씨가 미국의 한 도시에서 독창회를 갖게 되었대. 그 도시의 신문과 방송은 그 독창회를 보도했고, 비싼 입장료에도 불구하고 새벽부터 긴 행렬을 이루었지. 물론 암표도 활개를 쳤다고 해. 그 도시의 가장 큰 음악당의 입장권은 한 시간 만에 완전히 매진되고 말았어. 대단하지?

드디어 독창회의 날이 다가오고, 연주회 시작 시간이 가까워질수록 사람들의 대열은 더욱 길어졌어. 혼잡은 더욱 심해져 정작 마리오 씨는 긴 행렬에 밀려 들어가지 못하고 있었다고 해. 그때 마리오 씨는 옆에서 한 소년이 훌쩍훌쩍 울고 있는 것을 발견했대.

그 소년은 마리오 씨의 노래를 꼭 듣고 싶어 세 달 동안 신문 배달을 해서 표값을 만들었는데, 표를 사러 가니까 벌써 다 팔려서 들어갈 수가 없다고 하며 울더래. 그 모습을 본 마리오 씨는 소년에게 "마리오의 노래 중에서 무엇이 좋으니?" 하고 묻자, 소년은 "얼마든지 있죠. 구노의 〈아베마리아〉라든지, 푸치니의 오페라 아리아도 좋고요"라고 이야기했대.

그런 소년을 안고 마리오 씨는 "내 노래를 사랑하는 사람이 있는 곳은 다 나의 무대가 되는 거야!"라고 말하

며, 버스 위로 올라가 휘황찬란한 조명 대신 수많은 별빛
속에서 노래를 했다고 해. 사람들은 환호했고, 음악당 안
에 있던 사람들도 모두 밖으로 나와 숨죽여 마리오 씨의
노래를 들었대. 그의 노래에는 자신의 노래를 사랑해 주
는 사람들에게 감사할 줄 아는 깊은 마음이 들어 있었던
거야.

음악이란, 피나는 노력으로 얻어진 기술에 그 사람의
영혼과 마음을 담을 수 있는 사랑이 곁들여지면, 마음
깊은 곳을 움직이는 예술이 되지 않나 싶어. 부던한 노
력에 사랑 깃든 영혼이 담긴다면, 들을수록 또 듣고 싶
고, 읽을수록 또 읽고 싶고, 볼수록 또 보고 싶은… 시간
이 지나도 잊혀지지 않는 사랑이 되는 게 아닌가 싶어.

바흐를 좋아하시나요?

"낸시, 당신의 친구들이 모두 모인 오늘 이 자리에서
나는 말하고 싶소. 당신의 모든 행동에 감사하오. 당신의
사랑에 감사하오. 그리고 당신이라는 그 자체만으로도
감사하오. 내 인생에 있어 당신 이외의 여인은 이 자유의
여신상뿐이라오."

이 로맨틱한 말은 레이건이 아내에게 한 말이래. 레이
건은 어릴 적 뉴스에서 자주 보아 익숙한데, 이런 면이
있는 줄 몰랐어. 낸시는 얼마나 행복한 여자일까. 표현을
참 멋드러지게 하는 서양 사람들이 때론 부러워.

누군가 얘기하더군. 안정된 가정이 있어야 그 사람이
무언가를 이룰 수 있다고. 백만장자들의 공통점 중에 하

나가 가정을 소중히 한다는 거야. 그런 점에서 사랑하는 사람이 만나 서로의 인생에 개입하게 되고, 눈물과 콧물과 웃음을 나누며, 나이가 들수록 더욱 서로를 신뢰하고 존경할 수 있다는 건, 정말 아름다운 인생의 지도라고 할 수 있어. 그 지도의 정상에 팻말을 꽂을 수 있는 사람은 과연 몇이나 될까? 난 과연 그곳에 있을 수 있을까?

자기를 진심으로 아껴 주는 누군가가 이 세상 어딘가에 있다는 것만으로도… 아무리 멀리 있어도 힘이 되는 게 사랑의 파워가 아닐까 싶어. 그래서 결혼을 하는 것일 테고… 가정 생활을 사랑하는 사람들은 한결 안정감이 있어 보이곤 하지. 가족의 사랑, 그 사랑의 힘이란 스스로를 땅 위에 서게 만드니까 말야.

어릴 적 바흐의 음악을 들으면 말로 형언 못할 느낌을 받곤 했었어. 마치 고요한 들판에서 바람소리를 들으며 잠자리 한 마리가 내 손등에 앉았을 때 맛보는 행복감이랄까? 어릴 적 난 어머니 덕분에 다섯 살 때부터 피아노 의자에 앉아서 오랜 시간 내려오지 못했지. 초등학교 때까지는 피아노를 하루에 대여섯 시간씩 쳐야만 했다니간. 물론 내가 중학교에 들어갈 무렵부터는 어머니도 내가 피아노 앞에 오래 앉아 있으면 그리 좋아하시지 않더군. 내게 재능이 없음을 알고 마음을 비우셨던가 봐.

아무튼 나는 어릴 적부터 어머니 덕분에 공짜 음악회를 많이 다니곤 했어. 피아노를 잘 치진 못했지만, 특히 바흐의 음악만큼은 내 가슴에 남더군. 짠하게 말이야, 그래서 난 바흐를 막연히 궁금해 하며 동경했었어. 훌륭한 음악가였던 바흐의 사랑은 어떠하였을까 하고 말야.

요한 제바스티안 바흐. 그는 두 번째 아내로부터 안정을 찾았었던 거 같아. 바흐의 첫번째 아내 마리아 바르바라가 결혼 13년 만에 사망한 후 바흐와 결혼한 그녀는, 그와의 하나됨을 인생의 최고의 행복으로 여겼던 여자였어. 그녀는 바흐보다 열다섯 살 연하로, 재능 있는 소프라노 가수였대. 연상 남자와 짝을 이룰 때 가장 바람직한 점은, 경험과 연륜이 쌓인 그의 인생에 대해 존경심을 가득 품는다는 거지. 그녀는 말했대.

"그의 외모가 뛰어났다고는 할 수 없습니다. 하지만 그의 용모는 정신에서 용솟음치는 힘을 말해 주고 있었습니다."

그녀의 말 가운데 가장 공감 가는 부분 중 하나야. 여자는 나이가 들면서 이상형이 한 번은 크게 바뀌는 거 같

아. 어릴 적에는 외모를 많이 보지만, 나이가 들면서는 외모보다는 내면의 카리스마와 빛나는 눈빛을 가진 남자를 선호하게 되지. 그녀도 아마 바흐에게 그런 넘치는 안의 힘을 느꼈을 거란 확신이 들어.

남자가 여자에게 사랑을 느끼면 여자는 행복할 수 있고, 여자가 남자에게 존경심을 느끼면 남자는 자유로울 수 있다는 생각을 해보았어.

아무튼 그녀는 바흐를 매우 존경했고, 그 음악의 위대성을 알았다고 해. 그녀는 항상 평화로운 가정을 꾸림으로써 그에게 가을날의 들판을 바라보듯 풍요로운 마음으로 음악 활동을 할 수 있게 해주었어. 그녀에 대한 바흐의 사랑은 그녀에게 헌사한 《안나 막달레나를 위한 클라비어 소곡집》으로 잘 알 수 있다고 해.

왜 알지? 영화 《접속》 주제가가 바흐가 아내에게 바친 《안나 막달레나를 위한 클라비어 소곡집》의 〈미뉴엣〉을 편곡한 것이라는걸. 막달레나가 바흐보다 열다섯 살 연하여서인지 사랑스런 그녀를 바라보는 바흐의 마음이 진하게 전해지고, 바흐에 대한 막달레나의 깊고도 애절한 사랑이 음율 속에 들어 있지.

그녀는 말했대.

"요한 제바스티안 바흐 같은 남편을 만난 사람이 세상 어디에 있을 수 있겠어요. 결혼식을 올린 그날부터 내게는 그가 없는 인생이란 상상도 할 수 없었습니다."

그렇게 같은 곳을 바라보는 부부의 절절한 마음이 전해져서 나는 그 모습을 상상하는 것만으로도 이 오후가 행복해지고 있어.

친구, 내가 메일로 음악을 보내 줄 테니 차 한잔하며 잠시 그 바흐 부부를 생각해 보는 건 어때? 결혼하고 싶은 생각이 굴뚝 같을걸?

하지만 결혼이란 큰 산을 넘기 위해선 남자를 망원경으로 봐야 한다는군. 우리의 작은 마음은 너무 현미경 같아서 쉽지 않겠지만 말이야. 같이 노력해 보자고.

오드리 햅번이 기억나는 노래

Moon river wider than a mile

I'm crossing you in style someday.

Old dream maker, you heart breaker,

Wherever you're going, I'm going your way,

Two drifters, off to see the world.

There's such a lot of world to see.

We're after the same rainbow's end

Waiting round the bend,

My huckleberry friend,

Moon river and me.

달빛이 흐르는 강아, 너는 1마일보다도 더 넓구나.

나는 언젠가는 너를 멋지게 건너고 싶구나.

너는 꿈을 좇는 사람처럼 보이기도 하고, 상심한 사람처럼도 보이는구나.

네가 어디로 흐르든 난 너를 따라갈 거야.

이 세상을 떠도는 방랑자

둘이서 세상을 보고 싶어 따라가는 거야.

세상에는 볼 것이 너무 많단다.

우리는 똑같은 무지개의 끝을 쫓아가는 거지.

길이 굽은 중간에선 기다리기도 할 거야.

내 오랜 친구,

달빛이 흐르는 강, 그리고 나

100%의 여인을 만나면 나는 그녀에게 이렇게 말하고 싶어. "내게 1% 만 주세요"라고. 내게 100%의 여인처럼 보이는 아름다운 여자가 있었지. 친구 너도 알지? 영화 《티파니에서 아침을》에서 기타를 튕기며 〈Moon river〉를 노래하던 그녀를!

서재를 정리하다가 고교 시절에 썼던 일기장을 발견했어. 아름다운 그녀가 부른 이 고즈넉한 노래를 영어 공부하듯이 두 번이나 써놓았더군. 아마 그때 그녀의 사진도 껴두었던가 봐. 약간 바랜 사진이지만, 그녀는 나를 향해 웃고 있었어. 그리고는 내게 웃으며 말하더군. 하나님은 공평하다고. 이게 무슨 소리인가 하고 그녀의 사진을 노려보았지. 그녀는 이어 말했어.

"당신은 나보다 좋은 환경을 가지지 않았나요? 하나님은 나보다 당신을 더 사랑해요. 하지만 아픈 기억을 가진다는 건, 되돌아봤을 때 그리 나쁜 일만은 아니죠."

나는 100%의 여인이 1%만 달라고 하는 나에게 그렇게 잘난 척하는 것을 더 이상 지켜볼 수 없었지. 그래서 억울한 감정으로 그녀에 대해 조사를 해보기로 했어. 그런데 말이야. 내가 조사를 하는 중간중간 나는 그녀가 1%의 여인이란 걸 깨달았어. 그리고 1%의 여인에게 1%만 달라고 한 내가 참 어이없더군.

1%의 틈도 보이지 않으리만큼, 아름다운 이미지로 만인의 연인으로 기억되었던 오드리 햅번…. 그녀의 최종 학력은 초졸이라는군. 어린시절 부모의 이혼으로 큰 상처를 지니게 되었고, 전쟁으로 인한 재산의 탕진으로 스스로 학비를 마련하여 영국에 있는 발레 학교를 다녔다고 해. 오드리 햅번이 고학 소녀였단 것이 놀랍지 않아?

진 모델, 코러스 걸, 댄서 등의 아르바이트를 했고, 전쟁시 나치의 침략으로 지하실에 숨어 지내야 했대. 전쟁의 공포와 굶주림에 우울증과 영양실조에 시달리며 불운의 소녀 시절을 보냈다는군. 훗날 『안네의 일기』를 마치 자신의 일기처럼 눈물 흘려 가며 읽었다고 해. 또 계속되는 유산으로 아픔을 겪었고, 남편 멜 피러는 만인의 연인 오드리 햅번을 두고 겁도 없이 바람기가 있었다지? 그 때문에 이혼하게 되었다고 하더군. 또 말년에는 대장암에 걸려 완쾌하지 못하고 숨을 거두고 말았어. 그녀의 모든 노력에도 불구하고 말이지.

그녀의 삶을 돌아보면, 달빛을 보고 꿈을 좇는 이 노래의 가사가 그녀의 마음을 닮아 있단 생각이 들지 않아? 아―, 정말 우리말로 표현하자면, 지지리 복도 없지.

하지만 그녀가 시간을 넘어 진정 아름다운 여인으로 기억될 수 있었던 것은, 그 '그럼에도 불구하고'의 정신을 가졌기 때문이 아닐까 싶어. 실패와 아픔과 깊은 슬픔을 모르고 살았던 사람은, 진정한 삶을 알지도 느끼지도 못하는 또 다른 장애자일 테니 말이야.

그녀의 아픈 기억과 경험이 보다 남을 배려할 줄 알고, 사람들의 마음을 읽을 줄 아는 능력을 주었던 건 아닐까? 그렇게 아름다운 용모에 찬란한 햇빛만이 그녀의 삶 속에 있었다면, 끔찍한 자아도취에 빠진 공주의 모습이 었겠지?

그녀가 진정 아름다웠던 건, 변치 않는 맑은 눈빛을 가질 수 있었던 건, 그녀의 겸손함에 있다고 봐. 부단히 어려움을 겪어 내며 자신을 돌아보고 노력하며, 아픔을 알기에 주변을 돌볼 줄 아는 그런 자세 말이지. 그런 모습이, 오랜 시간이 지나도 잊혀지지 않는 아름다움의 표상, 오드리 햅번이 된 게 아닌가 싶어.

한 해의 크리스마스에 그녀는 그녀의 사랑하는 아들에게 이런 시를 들려주었다고해.

As you grow older,

you will discover that you have two hands.

One for helping yourself, the other for helping others.

당신이 좀더 컸을 때,

당신은 당신이 두 손을 가졌다는 것을 알게 된다.

하나는 당신 자신을 도울 수 있는 손이며, 다른 하나 는 다른 사람을 도와줄 수 있는 손이라는 것을.

이런 생각이 들어. 사랑은 일방적일 수 없다고… 결국 사랑은 주고받는 거라고. 오드리 햅번은 큰 사랑을 여유롭게 받을 줄도 알고, 넓은 사랑을 나누는 기쁨도 알았기에, 시간이 흘러도 선명하게 기억될 수 있는 게 아닐지…. 아픔을 딛고 일어선 사람만이 겸손을 알고, 사람의 향기를 내품을 수 있지 않을까?

그런 의미에서 오늘의 고통은 내일의 향기가 될 수도 있는 거야. 우리 그렇게 긍정적으로 생각해 보자. 아주 힘들 땐 말이지, 나처럼 어머니를 괴롭히지 말고, 오드리 햅번과 내면의 대화를 해봐. 아주 유익한 시간이 될 거야.

질투, 그 사랑의 그림자

<u>오페라 《아이다》를</u> 보러 갔어. 아이다를 주연하신 분과 친분이 있어 초대되는 행운을 얻었지. 네가 비즈니스 미팅만 아니었다면 같이 가면 좋았을 텐데.

아이다는 참 비운의 여인이더군. 아름다운 그녀와 그녀를 사랑한 적국 수장, 그리고 그 남자를 온몸으로 원해서 질투의 화신이 된 암네리스 공주… 이 셋의 사랑은 재앙이 아니었을까?

그토록 사랑하는 남자가 자신의 아버지를 죽이겠다고 이집트 왕 앞에서 맹세를 하고 있어. 그녀의, 아니 그 둘의 운명을 이토록 잔인하게 하는 건 왜일까? 그녀는 그가 죽기를 기도해야 했어. 사실상 그렇게 기도했을 거야.

하지만 그가 살아 돌아오기만을 비는 솔직한 마음이 더 간절했던 거 같아.

나일강을 건너던 배 안에서 처음 라다메스와 눈이 마주쳤을 때, 아이다는 그가 자신의 모국 에디오피아를 피로 물들인 적국 수장임을 알지 못했어. 알았다면 그렇게 한순간에 마음을 빼앗기지는 않았겠지. 그 순간 그는 단지 깊고 부드러운 눈을 한, 그녀의 마음을 앗아간 남자일 뿐이었어.

에디오피아 공주로서 적국 이집트 공주의 몸종이 된 아이다는 간절히 기도했어. '이 남자가 제 마음 속에 들어오지 않도록 해주세요'라고. 하지만 현실은 그렇지 못했어. 그가 살아온 순간, 그녀의 아버지가 그의 노예가 되어 온 순간, 모든 것은 운명 속에 던져졌지.

라다메스와 아이다의 사이를 알게 된 질투의 여인 암네리스 공주는 그 둘을 용서하지 않았고, 결국 죽음으로 몰고 갔어. 하지만 사랑하는 사람을 죽게 만든 그녀는 자신을 용서하지 못했지. 자신을 향한 분노로 세상이 무너지는 아픔을 겪었을 거야. 그렇지 않았겠어? 아이다와 그가 죽어간 돌무덤 밖에서 암네리스 공주가 두 사람의 명복을 빌며 눈물짓고 있었어.

　세상 사람들이 원하는 것을 다 가졌으나 그토록 갈망하던 사람의 마음 한 조각을 얻지 못한 여인, 암네리스 공주. 죽은 연인에게까지 뼈아픈 질투를 느끼는 그녀를 보고 있자니 참 안됐다는 생각이 들더라.

　소유하지 못하기 때문에 영원하지 않은 게 아니라, 영원한 사랑이 없기 때문에 소유가 필요없는 게 아닐까란 생각이 들어. 암네리스 공주에겐 질투가 인생의 가장 큰 사치가 아니었나 하는 생각이 들더군. 모든 걸 다 의미없게 만들 정도의, 모든 것을 건 감정의 소비였으니까.

　사랑을 하는데 적당히 양념 같은 자극제가 필요할 때는 있지. 질투란 감정이 때론 사랑을 증폭시켜 주기도 하니까 말야. 그런데 이것이 지나치면 사랑의 독이 되지 않겠어? 누군가에게 들은 말이 생각나. 여자의 질투가 뿜어 오르는 화산이라면, 남자의 질투는 조용히 흐르는 마그마 같다고.

　사랑하는 사람이 자신에게 보였던 미소보다 더 행복한 표정을 지을 때, 그녀가 괴로워한 건 어쩌면 당연했을지도 몰라. 하지만 문제는, 그녀의 사랑이 일방적이란 데 있어. 일방적인 사랑과 질투는 어떤 의미에서는 착각일 수도 있단 생각이 들어. 사람의 마음은 부모조차도 소유

할 수 없는 것인데, 상대의 마음을 권력으로 살 수 있다는 건 아무래도 무리였어.

하지만 왜 그런지 자꾸만 암네리스 공주에게 동정심이 생기네. 아이다와 그는 사랑해서 죽었으니 하늘에서 행복할 수 있겠지만, 암네리스는 죽을 때까지, 아니 죽어서도 불행할 테니깐 말야.

가장 화려했으나 가장 불운했던 암네리스 공주를 보면서, 사랑의 양념이자 독인 질투에 대해 생각해 보았어.

질투란 것은 어려운 감정인 것 같아. 누구는 말하더라. 사랑하는 이와 함께 할 때는, 설령 상대방이 의심 살 만한 행동을 하더라도 믿어 주는 게 사랑이라고 말야. 하지만 과연 믿음만이 사랑을 지킬 수 있을까? 그 믿음이 상대의 마음을 다 태워 버려, 타버린 해바라기가 되면 어쩌지? 솔직히 잘 모르겠어.

하지만 그럼에도 불구하고 질투의 가장 좋은 치료약은 여전히 믿음이란 생각이 드네. 그러기 위해서는, 믿을 수 있는 사람을 택해야 하는 과제가 남아 있긴 하지만 말야. 그건 각자의 안목에 맡겨야 할, 어렵지만 풀어야만 하는 숙제 같아.

당신은 사랑받기 위해 태어난 사람

 내가 생일날 축하송으로 어떤 노래보다
〈당신은 사랑받기 위해 태어난 사람〉이란 노래를 즐겨
부르는걸. 생일날 아침에 이 노래를 스스로 불러 주면
얼마나 기분좋아지는데!

당신은~ 사랑받기 위해~ 태어난 사람… 콧노래를
흥얼거리면 정말 내가 의미있어진다니까. 근데 어느
날, 이 노래에 얽힌 다른 사연을 TV에서 보게 되었는
데, 참 찡하더라. 한번 들어 볼래?

한 교도소에 여자 무기징역수들만 따로 생활하는 곳이
있었대. 무기징역수란 무거움에 어울리지 않는 각각의

성격과 갖가지 사연을 가진 여자들이 모여 있었는데, 언제 나갈지 모르는 그녀들의 유일한 낙은 가끔씩 오는 편지와 바로 그 안에 있는 공중전화였다더군. 일주일에 단 한 번, 그것도 3분. 그 3분 동안 바깥 세상에 있는 가족과 친한 사람에게 전화를 할 수 있었대.

한 여죄수는 어버이날을 맞아 자기가 할 수 있는 최선을 생각해 봤다고 해. 재미난 이야기를 해드리는 것. 그녀는 일주일 동안을 내내 중얼거리며 그렇게 연습했대. 그날이 오고, 긴 줄을 서 자기 차례를 기다려 신호음이 떨어지는 순간, 그리고 전화벨이 울리고 전화를 받는 순간, 어머니가 자기의 목소리를 알아채고는 다짜고짜 "밥 먹었니?" 하고 큰소리로 물어보는 통에 순간 머리가 하얗게 되어 "음… 저…" 이러다 3분이 훌쩍 지나가 버렸다고 해. 야속하게도 그녀에게 3분은 너무도 짧았지.

또 다른 사연을 들려줄까? 한 외국인 여죄수가 있었대. 불법으로 일하러 왔다가 얽혀 버린 여죄수. 그녀는 편지 한 장을 소중히 가져와 읽다가 허망하게 천장을 쳐다보고 있었어. 그 편지는 그녀의 중학생 아들로부터 온 편지였지.

엄마 고생이 많으시지요?

일하는 곳은 어떠세요? 음식은 입에 맞으세요?

그 먼 곳에서 저희를 위해서 어머니께서 고생하신다
고 생각하니 맘이 아파요. 엄마 생각을 하면서 공부도,
학교 생활도 열심히 하고 있어요.

엄마, 어려운 부탁 하나 해도 될까요?

저… 운동화가 꼭 필요한데, 여유가 있으시면 운동
화 하나 부쳐 주실 수 있으세요?

뒤의 글은 읽혀지지 않았어. 그녀의 눈물이 운동화란
글씨에 번져 버렸거든. 그녀는 그 운동화 한 켤레를 살
수도, 부칠 수도 없는 자신의 처지가 안타까울 뿐이었지.

이렇듯 갖가지 사연을 가진 여죄수들이 모인 곳에는
삶을 향한 어떤 의지도, 웃음도 없었어, 그녀들에게 '내
일'이란 단어는 화성의 기상 예보처럼 들렸지.

그런 축 처진 분위기를 보다못한 한 젊은 교도관이 그
녀들에게 한 가지 명령을 내렸는데, 그건 다름 아닌 '작
은 음악회'를 준비하라는 거였어.

그렇게 한 달의 시간이 흐르고, 그녀들은 작은 음악회
를 위해 근처의 고아원을 방문하게 되었지.

버스를 타고 이동하는데, 오랫동안 바깥바람을 쐬지 못해서인지 차를 한동안 타지 못해서인지, 차멀미를 하는 사람이 많았어. 햇빛은 그녀들에게 반가움이자 낯설음이었다고 해.

아무튼 고아원에 도착해서 자신들의 죄를 씻어 내는 기분으로 그녀들은 아주 열심히 화장실 청소며 풀뽑기 등등 힘을 다했어. 더러운 때와 먼지가 깨끗이 씻겨 나가는 순간 자신의 머리도 맑아지는, 기분좋은 경험이 아니었을까? 간단한 세수 후에 원피스로 단정히 갈아입고 아이들을 위해 준비해 온 그녀들만의 음악회가 시작되었어.

편견 없는 아이들의 똘망스런 눈빛에 그녀들은 더욱 떨리고 행복했지. 첫 노래는 버려진 그 아이들과 자기 자신을 위해서 아주 힘차게 부를 수 있었다고 해.

아이들은 흥겹게 같이 따라 부르고, 그녀들은 모든 응어리를 이 노래에 던져 버렸지. 이 노래는 아이들에게도 그녀들에게도, 힘들 때마다 부르는 잊지 못할 명곡이 되어 버렸어.

　　당신은 사랑받기 위해 태어난 사람

당신의 삶 속에서 그 사랑 받고 있지요
당신은 사랑받기 위해 태어난 사람.
태초부터 시작된 하나님의 사랑은
우리의 만남을 통해 열매를 맺고
당신이 이 세상에 존재함으로 인해
우리에게 얼마나 큰 기쁨이 되는지

어떤 프러포즈

Fly me to the moon

Fly me to the moon

And let me play among the stars

Let me see what spring is like on Jupiter and Mars

In other words, hold my hand

In other words, darling kiss me

Fill my heart with song

and Let me sing for ever more

You are all I long for all I worship and adore

In other words, please be true

In other words, I love you

날 달까지 날아가게 해주세요

날 달로 날아가게 해줘요

별들 사이를 누비며

목성과 화성의 봄은 어떤지 보게 해줘요

다시 말한다면, 내 손을 잡아 주세요

다시 말한다면, 내게 입맞춤을 해주세요

내 맘을 노래로 채우고

영원히 그 노래를 부르게 해주세요

그댄 내가 갈망하고, 숭배하며, 동경하는 사람이죠

그러니 진심으로 날 대해 줘요

그 말은 당신을 사랑한다는 거예요

사랑은 때로는 천국과 지옥을 오가게 하는 것 같아. 사람은 대체 어떤 힘으로 살아가는 걸까? 한동안은 끊임없이 고민도 하고, 생각도 하고, 공상도 해보았어. 하지만 어느 날 문득 잠에서 깨면서 불현듯 그런 생각이 스쳤어.

'대체 내가 왜 이렇게 괴로워하고, 마치 바로 내일이라도 지구가 무너질 듯 이러고 있는 거지?'

순간 햇볕이 창가로 스며드는 걸 보며 난 아무 조건 없이 행복감을 맛보았어. 그래. 내가 오늘 이 하루를 감사함과 기쁨으로 맞는다면, 그리고 내게 주어진 하루를 사랑한다면, 이런 하루들이 쌓여진다면, 나와 나를 둘러싼 주변들이 행복해질 수 있지 않을까? 그런 믿음이 행복스런 오늘과 미소 짓고 있는 내일을 주지 않을까?

서른을 앞둔 여자가 있었어. 그녀는 잃어버리기를 두려워하는 겁쟁이였지만, 반복적인 삶과 성공에 대한 야망에 지쳐 훌쩍 떠나 보기로 마음먹었지. 자신이 그렇게 귀중하게 여겼던 일과 자리를 버리고, 그저 가방 하나만을 챙겨 들고 비행기에 몸을 실었어. 스물아홉 여자의 두 달 남짓한 배낭 여행. 두 달이라는 시간이 그녀의 상황을 변화시키지는 못했지만, 그녀가 세상을 품는 마음만은 크게 달라져 있었지.

여행에서 가장 크게 느낀 점은, 세상에 한 번도 보지 못한 사람들이 어떻게 이렇게 진심으로 도와주고 같이 기도해 줄 수 있을까 하는 것이었대. 자리에 급급해 하던 자신이 부끄러워 모두에게 고개가 숙여졌다고 해.

여행에서 돌아왔을 때는, 그녀의 어머니가 하루도 빠지지 않고 새벽 기도를 다녔다는 말을 전해 듣고 마음의 눈물을 흘렸지. 혼자 여행하겠다고 했을 때 제일 편을 들어주었던 유일한 분이셨으니까.

여행에서 돌아와 그녀가 제일 먼저 시작한 것은 기도였어. 아침잠이 많던 그녀는 어머니와 함께 100일 동안 새벽 기도를 다녔다고 해. 주변을 아낄 수 있게 해 달라고, 이제는 받기만 하지 말고 돌려주고 싶다고. 그리고 그런 사랑을 만나게 해 달라고 기도했대.

그렇게 백일 기도가 끝날 무렵, 한 남자가 그녀의 마음에 들어왔대. 그의 남성다움은 강하게 그녀를 끌어당겼고, 물러서지 못하게 만드는 힘이 느껴지곤 했지. 어딘가 모르게 서로를 위해 태어나고 준비된 듯한 그 느낌으로 그들은 사랑을 만들어 갔고, 얼마 후에 그는 그녀에게 세상에서 가장 근사한 프러포즈를 했대.

한 갤러리를 빌려 네 시간에 걸쳐 정성껏 준비된 그의 모든 것을 보여 주었고, 마지막에는 무릎까지 꿇고 프로포즈를 했다네. 영화에서나 볼 듯한 장면이었겠지?

그녀도 그도 그날만큼 긴장한 날은 없었다고 해. 그건 서로가 서로에게 마음을 뺏겨 버렸기 때문일지도 몰라. 아무튼 그들은 갤러리를 나와 그녀의 집 앞에 당도했지.

그가 말하더래.

"당신이 원하는 것이라면 불가능도 가능해질 것 같아."

그녀는 수줍은 듯 빙그레 웃으며 달을 보다가 문득 생
각했대.

날 달로 데려가 주세요….

사랑은 그렇게 가능하지 않던 환상을 꿈꾸게 하는 재
미난 에너지인가 봐.

사랑, 그 쓸쓸함에 대하여

다시 또 누군가를 만나서

사랑을 할 수 있을까

그럴 수는 없을 것 같아

도무지 알 수 없는 한 가지

사람을 사랑하게 되는 일

참 쓸쓸한 일인 것 같아

사랑이 끝나고 난 뒤에는 이 세상도 끝나고

날 위해 빛나던 모든 것도 그 빛을 잃어버려

누구나 사는 동안에 한 번

잊지 못할 사람을 만나고

잊지 못할 이별도 하지

도무지 알 수 없는 한 가지
사람을 사랑한다는 그 일
참 쓸쓸한 일인 것 같아

"어떤 잘못을 하더라도 이 가사를 쓴 사람은 용서해 주자"란 말을 들을 정도로, 양희은이 생애 가장 오랜 시간이 걸렸다는 노랫말… 얘기하듯 노래하듯 듣는 이 노랫말은 듣는 이의 가슴을 촉촉히 적시는 거 같아.

자신을 남김없이 내주어 더 이상 자신에게 남은 사랑이 있을까, 그 정열이 있을까, 아마도 다시 또 누군가를 만나서 사랑할 수는 없을 것 같다… 이런 말을 할 수 있는 사람은, 그 깊은 사랑을 받는 사람보다 행복할지도 모르겠어.

자신을 다 내주어 이젠 그런 큰 열정은 남아 있지 않지만, 지워지지 않는 은은함이 있는 이 노래와 잘 어울리는 촉촉한 사랑 이야기를 들었어. 나이가 지긋하신, 내겐 인생의 선생님 같은 분에게서 말야.

사랑하는 한 쌍의 젊은 남녀가 있었대. 남자는 첫눈에 그녀를 참 아름다운 여자라고 느꼈고, 좋아하기 시작했

지. 그는 사랑하는 여자를 위해서 무엇이든 해주고 싶었
대. 처음 찾아온 소중한 감정을 아끼고 또 사랑했다고
해. 때론 어쩔 줄 모르면서 자신을 그녀에게 던졌대나?
그녀에겐 아무것도 아깝지가 않았고, 그녀가 원하는 모
든 것을 다 해주고 싶었대. 가지고 싶은 것, 먹고 싶은
것, 가고 싶은 곳… 그녀가 웃으면 그는 세상을 다 얻은
듯했지. 좋아하는 여자 앞에서 남자는 그렇게 힘이 나는
걸까? 그녀도 그만 생각하면 저절로 웃음이 나곤 했대.
그렇게 둘은 행복한 시간을 보냈고, 추억도 쌓여 갔지.
그 둘은 서로가 세상의 처음이자 마지막이라고 느꼈고,
믿었다고 해.

　몇 년 후 그는 아버지의 부도로 크게 손실을 입어, 그의
상황만큼 그의 처지도 망가져 버리는 아픔을 겪었다고 해.
그는 회복하려고 애썼으나 그러기엔 너무 어렸고 지쳐
있었나 봐. 모든 걸 다 잃어도 그녀만큼은 잃고 싶지 않
은 그였지만, 그의 비참한 현실은 오히려 그의 자존심을
자극했어. 그녀에게 자신이 어떤 상황인지 말하지 않았
던 거야.

　그녀는 아무것도 모른 채, 변해 가는 그를 오해하기 시
작했지. 나를 만나도 전처럼 즐거워하지 않는구나… 예

전엔 어딜 가고 싶냐고, 무얼 먹고 싶냐고 물어봐 주었는
데… 지금은 나를 외면하려고만 하는구나…. 그녀는 그
와의 관계가 시큰둥해졌다고 믿고 슬퍼했다더군.

 그렇게 시간이 흘렀어. 그는 진실을 밝힐까도 생각했
지만, 그녀까지 힘들게 만들 수는 없다고 생각했지. 그는
스스로에게 물었어. 그녀에게 내가 무엇을 해줄 수 있을
까? 그녀가 원하는 것을 다 줄 수 없다면, 아무것도 해줄
것이 없다면, 이제 그녀를 놓아 주자…. 그만큼 상황은
절박했고, 그는 자기 몸 하나도 힘겨워졌지. 세상이 너무
도 무겁게 느껴졌나 봐.

 결국 그는 자신의 목숨보다 더 소중히 여겼던 그녀와
의 힘든 이별을 준비했어. 아름다운 그녀를 떠나기 전에
아주 정성껏 이별 선물을 준비했지. 그녀를 생각하며 직
접 작곡한 악보를 액자에 넣어 그녀에게 준 거야.

 평생 아끼고 사랑하며 자신의 여자로 삼고 싶었지만
그렇게 하지 못한 그도 안됐고, 그를 믿고 아이같이 따랐
던 그녀가 그의 결별 선언에 땅이 꺼져 내려가는 슬픔을
견뎌 내야 했으니… 너무 안타깝게 들리지 않니? 그들에
겐 시간이란 약이 필요했던 거야.

 상당한 시간이 흐른 뒤에 그녀는 한 남자의 아내가 되

었고, 또 한 아이의 엄마가 되었지. 더 시간이 흘러 할머니가 되어 인생의 거울을 되돌아볼 시기가 되었다고 해.

그때 그 할머니는 오랜 먼지를 털고 다락을 정리하다 한 상자를 발견하게 되었대. 그 안에는 몇 십 년 전의 그 액자가 들어 있었지.

할머니는 액자를 닦다 악보를 꺼내 들었어. 잊었다고 믿었던 옛 추억들이 밀려들었지. 그러다 악보의 뒷면을 보게 되었는데, 순간 할머니의 주름진 얼굴엔 눈물이 떨어져 내리고 말았어.

사랑하기에 떠나 보낸다는 게 얼마나 힘든지… 말로는 할 수가 없었다. 다시 또 누군가를 만나서 사랑을 할 수 있을지… 그럴 수는 없을 것 같아.

늘 내가 너의 처음이자 마지막이길 바랐다. 하지만 지금은 네가 나의 처음이자 마지막 사랑일 거야.

사랑한다. 사랑한다. 사랑한다.

근데 사랑은 내게 참 쓸쓸하구나.

미술

Yes

당신이 느끼는 그 속에 있고 싶습니다
당신이 보는 세상을 나도 보고 싶습니다

서영
사랑

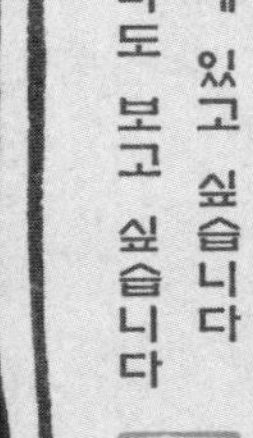

모딜리아니의 묘석 앞에서

<u>1월 24일</u>. 오늘이 어떤 날인 줄 알아? 작년까지만 해도 내겐 아무런 의미 없는 날이었어. 하지만 올해부터는 기억하기로 했지. 1월 24일은 긴 얼굴과 긴 목으로 유명한 모딜리아니가 죽은 날이야.

나는 오늘 아침상을 모딜리아니가 묻힌 파리의 벨 라 시즈 공동묘지에 다녀온 좀 이상한 친구와 의시시한 이야기로 시작하게 됐어. 그의 이야기를 듣는 순간, 버터를 듬뿍 바른 바게트가 목에 탁 걸려 버려서 평소 즐겨 마시지 않던 우유를 벌컥벌컥 들이켜야만 했지.

그 친구의 말에 의하면, 모딜리아니의 묘석에는 이탈리아어로 다음과 같이 새겨져 있다고 하더군.

아메데오 모딜리아니. 화가. 1884년 7월 12일 리보르노생. 1920년 1월 24일 파리에서 죽다. 이제 곧 영광을 차지하려는 순간에 죽음이 그를 데려가다.

그 아래에는 만삭의 몸으로 그를 따라 죽은 그의 애인이자 아내인 잔느의 묘비가 나란히 서 있다는군.

잔느 에뷔테른느. 1889년 4월 6일생. 1920년 1월 25일 파리에서 죽다. 모든 것을 모딜리아니에게 바친 헌신적인 반려자.

하루 차이로 죽은 부부. 그런 사실이 내겐 꽤 로맨틱하게 들렸는데, 그 친구는 나의 이런 상상을 깨는 이야기를 들려주어 미간을 찌뿌리며 듣고 있었어. 하지만 조금 지나자 그 친구의 이야기는 꽤 흥미진진하더군. 그는 모딜리아니를 '별의 아들'이라고 표현했어. 누군가 그랬대. "단테와 모딜리아니, 별빛과 햇빛이 더 잘 보이는 곳이면 그곳이 고향이었다. 그들 고향은 땅이 아니라 하늘이었던 셈이다"라고.
모딜리아니―그의 그림에 특징적인 긴 목과 긴 얼굴

을 한 특별한 여인은 바로 그의 애인이자 아내였고, 인생의 동반자였으며, 단 하루 차이로 하늘로 간 '잔느 에뷔테른느!'였던 거야.

처음 이야기를 들을 땐 "잔느 에뷔테르~~느!" 할 때마다 약간씩 침이 튀어서 신경에 거슬렸지만, 점차 두 사람의 사랑에 빠져들었어. 둘의 관계는 생각하기에 따라 미스터리 멜로물이 될 수도 있고, 미스터리 호러물이 될 수도 있지 않을까 싶더라고. 모딜리아니는 지독한 알콜 중독자에다 생활고로 힘들었던 초라한 천재적 화가에 지나지 않았지. 그런 그에게 독실한 신앙인이면서 그의 시신을 끌어안고 싸늘한 입술에 키스할 정도로 자신의 사랑을 모두 쏟아부은 그녀….

사랑은 그렇게 해야 하지 않나 싶어. 죽을 만큼, 남김없이, 더 이상 미련이 들지 않도록 말야. 난 사랑을 하고 싶으면서도 항상 한 발짝씩 빼서 뒤로 뜰 준비를 하고 있었던 건 아니었는지 몰라. 상처받기가 싫었던 건지… 어쩌면 상처를 주기 싫어서일지도 모르지.

그와 그녀의 사랑은 이별 앞에서도 웃을 수 있었다는 생각이 드네. 따라 죽을 만큼, 그가 없으면 안 될 만큼 사랑했으니까.

불현듯 노희경의 "그녀는 자신을 버리고 사랑을 얻었
는데, 나는 나를 지키느라 나이만 먹었다. 사랑하지 않는
자는 모두 유죄다"란 구절이 짠하게 다가오는구나. 세상
적으로 불행했던 잔느가 오늘은 왜 이렇게 부러운 걸까?

나는 잔느처럼 6층 아파트에서 뛰어내려 사랑하는 사
람과 함께 세상을 떠날 자신이 있나 스스로 물어보는
데… 쉽게 이야기하지 못하겠더라.

친구야, 내게 사랑하는 사람이 생긴다면 그때 이 질문
을 내게 해줘. 그럼 그때 다시 생각해 볼 테니.

오늘은 파리 시내를 돌아다니려고 해. 파리의 벨 라시
즈 공동묘지와 먼 곳으로. 아직 내겐 그곳도 멀고, 사랑
도 멀어. 다만 오늘, 1월 24일을 기억하고 싶구나.

● ● ●

모딜리아니에겐 인생이라는 게 사나운 어른들이 만
든 거대한 유치원 같은 것으로 느껴졌는지도 모른다.

이리아 에렌부르크

전시회에서 만난 사랑

<u>백만장자인 한 남자가</u> 몸과 마음이 지쳐서 일과 사랑, 모든 것에서 방황하고 있었대. 사랑 없이 맺어진 결혼 생활은 두 사람을 파괴시켰고, 이미 둘 사이엔 미움이란 감정도 남아 있지 않았던 거지. 평소 미술에 관심이 많던 그는 한 아방가르드 작품전에 초대가 되었대. 그는 자신의 지친 몸과 마음을 달래고자 이 미술전을 찾았어. 그리고 그림 한 점 한 점을 평소보다 천천히 보았지.

죽어 있는 뇌가 살아나는 듯 신선한 작품들이 있었어. 그는 특히 한 작품 앞에서 끌리듯 걸음을 멈추었다고 해. 사다리를 타고 올라가서, 벽의 열려진 틈에 있는 아주 작은 글씨를 돋보기로 보아야 하는 작품이었어. 근데 그 아

주 작은 글씨가 무엇이었는 줄 알아?

바로 YES였어. Yes.

사회에 반대하고 우울하게 보는 다른 아방가르드 작품과는 달리 'YES'란 단어는 그의 머리를 쿵! 하고 내려치기에 충분했어. "아~" 하고 그는 신음처럼 내뱉었지. YES! 작은 한마디가 때론 인생을 시작하는 데 큰 힘이 되곤 하잖아?

문득 그 생각이 나더라. 선배끼리 대화하는 걸 들었는데, 한 선배가 머리를 빗고 있는 또 다른 선배에게 물어봤어. "넌 나를 뭐라고 생각하냐?" 다른 선배는 아무 생각 없이 농담처럼 말했어. "쓰·레·기⋯." 대답을 들은 선배가 일주일 동안 우울한 표정으로 지냈던 걸 기억해.

그만큼 말 한 마디 한 단어는 공기 중에서 사라지지 않고 멈추어 짧은 미래까지 가도록 만들지. 때로는 영원히 말이야. 내가 누굴 기억한다는 건⋯ 그 사람이 내게 던진 말 같아.

암튼 그 작품에 서서 그는 근처에 있는 작가 주위를 맴돌다가, 관객이 직접 못을 박는 작품을 기다려 그 작가에게 "못을 박아 보면 안 되나요?" 하고 물어봤어. 그러자 그 작가는 행사는 내일부터라 안 된다고 했대. 그 광경을

지켜보던 다른 사람이 백만장자인 그에게 못을 박게 해
주라고 귀뜸하자, 그 작가는 그에게 말했대. "제가 가짜
로 5실링을 드릴 테니까 마음 속으로 못을 박으세요"라
고 말야.

여기서 그 둘은 서로가 이른바 '코드가 맞는 사람'이라
는 걸 알게 되고, 몇 년간의 깊은 우정에서 연인 사이로
발전하게 되었대. 그 작가는 물론 여자고. 그녀의 이름은
오노 요코이고, 그는 비틀즈의 멤버였던 존 레논이야.

정신적으로 성숙해 있던 오노 요코는 존 레논에게 많
은 영향을 주었어. 폴 매카트니의 탈퇴로 비틀즈가 해체
되고, 솔로 활동을 시작한 존이 전위적이고 정치적인 색
채가 강하며, 평화와 반전의 메시지를 담은 음악 활동을
하게 된 것도 요코의 영향이 컸다고 해.

존에게 요코가 없었더라면 〈IMAGINE〉, 〈WOMAN〉,
〈LOVE〉, 〈OH MY LOVE〉와 같은 불후의 명곡은 탄생
하지 못했을지도 몰라. 생각만 해도 끔찍하지 않아? 암
튼 예술적인 정서가 있는 사람들간의 만남이란 정말 축
복된 일이라고 생각해.

나도 나중에 남자를 만난다면 풍부한 감성과 냉철한
이성, 그리고 'YES'라고 심장에 박혀진 그런 남자를 만

나고야 말 거야. 나의 작은 재능까지 발견해 주고 독려해 주며, 나와 닮은꼴이지만 가끔은 너무도 어리석은 내게 그렇다고 충고해 줄 남자….

아무튼 요코와 존은 외적인 부와 명성과 외모로 세상 사람들의 오해를 받았지만, 그 둘은 그것 때문에 사랑한 게 아냐. 둘은 너무 닮아서, 그래서 자신보다 상대를 더 아낄 수 있었는지도 모를 일이지. 존 레논은 말했어.

"요코와 내가 만나기 전에 우리는 반쪽짜리 인간이었 습니다. 우리는 함께 있을 때 비로소 완전한 인간이 되었 습니다."

아, 이런 로맨틱한 사랑은 날 아직 설레게 해. 아직 내 심장이 살아 있다는 행복한 신호겠지?

피카소 박물관에서 만난 천사들

<u>나는 오늘</u> 평생에 잊지 못할 큰 작품 사진을 남겼어. 이런 기회는 인연이지만 우연처럼 다가오는 거 같아. 아침 일찍 숙소를 나와서 피카소 박물관을 찾으려고 서둘렀어. 길 가던 멋진 파리의 남자가 길을 친절히 안내해 준 덕분에 기분도 좋아졌는데, 중요한 건 그 다음부터야.

안내를 받으며 들어간 피카소 박물관에는, 견학 온 아이들이 무리지어 서 있었어. 그들은 너무 맑아서 선생님의 '질서' 이야기는 정말 안 어울리는 아이들이었지. 내가 사진기를 들이대자, 그 천사들이 어떻게 아침 인사를 했는 줄 아니? 갑자기 한 아이가 "와!" 하고 소리를 내면서 스무 명 남짓한 아이들이 내 카메라로 시선을 주는 거

야. 그러다 동시에 갖가지 환호와 비명 소리를 내더군. 얼마나 자유롭고 이쁜 행동들인지…. 나는 그 천사들의 인사를 카메라로 담았고 지금 다시 보고 있는데, 사진 오른켠에 통솔하던 율브리너 머리 선생님의 당황해 하는 모습까지 담겼어. 하하.

마레 지구에 위치한 피카소 박물관은 17세기에 지어진 저택이야. 박물관이라고 하기엔 점(·) 하나가 부족하고, 주택이라고 하기엔 점(·) 하나가 남지. 아무튼 고풍스런 멋을 풍기는 곳이고, 스페인 태생의 피카소의 그림 일생을 엿볼 수 있는 곳이야. 스페인 태생의, 넘치는 정열을 보여 준 천재적인 피카소. 피카소의 그림에만 익숙해 있던 내게 도자기, 판화, 조각을 볼 수 있는 좋은 기회였어.

한 시대를 풍미하고 예술을 사랑했던 이들의 대부분은 정상적이지만은 않았다고 해. 피카소도 그런 맥락에서 쉽진 않아. 하지만 이야기할 수 있는 건, 그는 끊임없는 열정과 실험 정신으로 새로운 걸 두려워하지 않았다는 거야. 그에겐 사랑도 그랬던 거 같아. 그의 많은 여자들을 보면 말이지.

다만 내가 아는 다른 화가와 달리 그는 8세 때 이미 돈

걱정 안 하는 예술가였고, 40세에는 대단한 부자였으며, 65세 땐 억만장자였다는 거야. 예술적 기질과 함께 물질도 허락되었던 그에게 많은 아름다운 여자가 거쳐 갔다는 건 별로 흥미롭지는 못하겠지? 하지만 놀라운 것은, 그와 함께 살았던 여자들의 고백이 한결 같았다는 거야. "그와의 시절이 가장 행복했어요!"라고 말야. 아마 이 시대의 플레이보이들이 배워야 할 진정한 사랑의 스킬(skill)이라고 할 수 있지 않겠어?

피카소는 창녀 같은 거리의 여자에서 여신 같은 우아한 여성에 이르기까지 다양한 여자를 꼬셨던 거 같아. 평생 일곱 명의 여자와 살았는데, 그중 두 여자는 그를 잊지 못해 자살했고, 다른 두 여자는 지나친 질투와 그에 대한 강박 관념으로 정신 이상이 되었대. 또 한 여자는 젊어서 요절했고. 한 여자만이 간신히 그의 세계에서 벗어나려고 노력했다더군.

그런 와중에서 피카소가 17세의 마리 테레즈를 만난 건 참 해도 해도 너무하지 않아? 피카소 할아버지!

아무튼 이 여자를 만나게 된 것을 듣고 상상하노라면 피카소는 참 용기 있는 사람임에는 틀림없는 듯해.

금발의 젊고 아름다운 처녀는 또래의 남자들조차 마음

만 품었을 테니까 말야. 라파이예트 갤러리(Galeries Lafayette) 근처를 거닐다가 우연히 지하철에서 그녀를 발견한 그는 다짜고짜 그녀의 팔을 잡고 "나는 피카소요. 당신과 나는 함께 훌륭한 일들을 할 수 있을 겁니다"라고 말했대. 그녀는 여섯 달 동안 그의 프러포즈에 저항했지만, 결국엔 "하지만 어떻게 피카소를 거절합니까? 당신은 나를 이해하시지요? 한 여자로서 피카소를 거절할 수 없었습니다"라고 말했다는군. 그녀는 〈화가와 그의 모델〉, 〈화가와 뜨개질하는 모델〉, 〈거울 앞의 한 처녀〉의 모델이 되었지.

아무튼 열정이 넘치고 용기 백배한 피카소와의 만남은 재미있었어.

아까 만난 그 아이들이 피카소 그림 앞에 널부러져서 스케치북에 열심히 그림 모사하는 걸 잠시 구경했어. 그렇게 천방지축이던 아이들이 선생님과 토론할 때는 참 진지한 모습이 되는 것도 인상적이었고…. 그 아이들도 피카소의 일에 대한 열정만큼은 배웠으면 좋겠다는 생각을 하며 박물관을 나왔지. 피카소보다 더 인상적이었던 아이들의 천사 같은 미소와 자유를 내 가슴 속에 찰칵! 담아 두며 말야.

고흐와 테오, 그 둘!

<u>인큐베이터에</u> 난 오랫동안 살아 봤어. 기억은 나지 않지만 태어나자마자 2.0kg의 부스럼 많던 얼굴을 보고 의사는 가망이 없다고 말했다더라. 그런데 아버지가 어려운 형편에도 매일 장미 한 송이씩 가지고 병실을 찾았다고 들었어. 그 이후로 아버지께 꽃을 받아 본 적은 없지만, 그때 그 모습을 생각하면 눈물이 나곤 해. 아버지는 표현은 잘 안 하시지만 그때처럼 날 사랑하고 계시리라 믿어.

태어난 지 얼마 안 된 쌍둥이가 있었대. 한 아이는 몸이 너무 안 좋아서 인큐베이터 속에서 혼자 죽음을 맞이

할 수밖에 없었지. 이 아이를 불쌍히 여긴 한 간호사가 병원의 수칙을 어기며 두 아이를 한 인큐베이터 속에 넣어 두었다고 해. 그런데 어떤 일이 일어났는지 알아? 글쎄 건강한 아이가 자신의 팔을 뻗어 아파하는 아이를 포옹하는 일이 벌어졌네. 믿을 수 없지? 하지만 난 그 이야기를 듣고 사진도 보았어.

더욱 놀라운 건, 죽어 가던 아이의 심장 박동도, 체온도, 모두 정상으로 돌아와 건강을 되찾게 되었다고 해.

난 이 이야기를 들으면서 테오가 생각났어. 고흐의 동생 테오 말이야. 테오는 형의 죽음 앞에서 여동생 리스에게 이렇게 편지를 보냈다더군.

사람들은 형이 위대한 인간이자 위대한 예술가임을 알아주어야 한다고 나는 생각한다.

곧 내가 생각하는 대로, 그렇게 될 거야. 그리고 사람들은 그의 짧은 인생에 아쉬움을 갖게 될 거야.

내가 죽어 가는 형의 침대 옆에서 빨리 회복되어 이 슬픔과 고통에서 벗어나라고 하자, 형은 대답했어.

"테오야… 이제 이대로 내버려두려므나. 네 가슴의 고동을 들으며 그냥 가고 싶어…"

파리 여행 때 한 친구를 만났는데, 덕분에 그림을 실컷 볼 수 있는 기회를 얻었어. 그 친구는 책 몇 권을 사서, 마음에 드는 곳을 메모해 가며 여행을 다닌다더군. 그 스케줄도 꽤 인상적이었어. 아무튼 난 그 친구 덕분에 브르델 미술관에서 『나의 서양 미술 순례』에 소개된 〈젊은 브르델의 초상화〉를 공개되지 않은 한쪽의 창고 같은 방에서 발견했지. 그 친구는 그러더군. "브르델의 초상화를 찾았으니 파리에서 할 일은 다한 것 같다"고 말야.

하루는 그 친구와 함께 오르세 미술관에 들러 여러 작품을 감상하면서, 어릴 적부터 환상을 품어 온 고흐의 작품을 찾았지. 그의 〈오베르 교회〉란 그림을 직접 보았을 때의 그 오묘한 마음의 떨림을 아직도 기억해. 색감과 튀어나올 듯한 강한 붓 터치가 고흐가 살아 돌아올 것 같았지. 다소 진한 파란색 하늘과 쓸쓸해 보이는 교회, 그리고 한 사람이 있는 그 그림을 보고, 그 교회는 어떤 모습인가 상상해 보았어. 작지만 쓸쓸한 이에게 위로를 주는 곳이 아니었을까?

아무튼 그때 그 정보통 친구에게 〈오베르 교회〉의 실제 무대인 오베르 쉬즈 오와르란 파리 근교의 작은 마을 정보를 얻었지. 결국 파리에서 마지막 날, 난 그곳에 가고야 말았어.

생라자르 역에서 환승해야 했기에 퐁투아즈로 가서 기차를 갈아타고 오베르 쉬즈 오와르 역에 내리는데, 그날 따라 비가 많이 와서인지 마음이 착 가라앉아 있었어. 하지만 고흐가 마지막 머물렀던 곳에 간다는 기대와 어제 보았던 그 그림의 배경을 직접 볼 수 있다는 설렘으로 동화의 세계에 빠져드는 듯했지.

제네랄 드골 거리에는 고흐가 세들어 살았던 집이 있고, 그 안에 들어가면 그때 그 모습 그대로 그의 방이 보존되어 있었지. 침대와 작은 책상, 그리고 의자밖에 없는 그 방을 보았을 때는 마음이 참 아팠어.

그 방을 나와 길을 따라갔는데, 그림에서 보았던 '오베르의 교회'가 있더군. 정말 가슴에 아지랑이 같은 것이 피었지. 나는 어제 본 고흐의 그림을 떠올리며 천천히 하나씩 비교해 보았어.

하늘, 그 아래 교회, 그리고 지나가는 사람까지…. 근데 왠지 눈물이 나더라. 그곳에서 조금 떨어진 곳에 고흐와 그의 동생 테오의 공동묘지가 있다고 들었는데, 거기까진 가보지 않았어. 고흐의 삶이 너무 아파서 비 오는 거리의 그곳에 가면 눈물이 멈추지 않을 것 같았거든.

　그는 짧은 생애에서 875점의 회화와 1100여 점의 데 생을 그렸다고 해. 고흐의 회화를 소장한 국가들은 네덜 란드 364점, 미국 190점, 스위스 80점, 프랑스 45점, 영 국 35점, 독일 25점, 러시아 10점, 암스테르담의 반 고흐 미술관 205점 등인데…. 정말 한국에 한 점을 훔쳐 오고 싶다는 충동이 일더군. 고흐의 그림을 옆에서 생생하게 볼 수 있는 행운을 후세에 주고 싶어서 말야. 내 용기가 넘쳐서 그런 일을 저지른다면 루팡 같은 뭔가 있어 보이 는 도적이 되지 않을까 싶군. 하하.

　길이 남을 예술가는, 진정으로 그 예술에 대해 격려하 고 끊임없이 관심을 가져주는 사람이 주변에 단 한 사람 이라도 있어야 한다고 생각해. 테오도 쉽지 않는 고난의 길을 걸었기에, 오늘날의 전 세계인이 사랑하는 고흐가 있었을지도 몰라. 어찌되었건 난 동생 테오의 긴 인내와 바라봄과 사랑에 찬사를 보내고 싶어.

　테오, 고마워!

노부부가 그리는 그림

평소 알고 지내는 S대 조소과 출신의 한 조각가 선생님의 전시회를 보러 간 적이 있어. 그 선생님 때문에 난 학창시절 한때 조각가가 되겠다고 생각한 적이 있었지. 그래서 화실을 다니며 흙을 주물렀던 적이 있어. 그 흙의 보드라움이란…. 암튼 축하를 하러 간 그 전시회에서 화가인 친구분과 이야기를 나누게 되었는데, 내가 그분께 미술에 대한 아쉬움을 이야기했더니 이렇게 화답하셨어.

"오늘 아침 밝은 햇빛 아래 이렇게 이쁘게 단장했지요. 바로 그게 그림이고, 미술이에요. 그렇게 생활 속에서 있어요, 그림은…."

그 질문과 대답이 그림에 대해 생각해 본 첫 계기였고,

그 다음부터는 내 아쉬움을 생활 속에서 펼치려고 하고
있어.

그런데 난 오늘 또 다른 미술의 발견을 하고 말았어.
오늘 세상에서 가장 아름답다고 생각해도 좋을 그림을
발견했단 말이지. 어디서 그런 행운을 얻었냐고? 미술전
시회를 갔냐고? 멋진 여행이라도 떠났냐고? 난 단지 TV
의 채널을 돌리다가 교양 프로그램을 본 것뿐이야. 값진
그림을 내 일상에서 발견했지.

시각장애인 교습소에서 만난 부부가 있었어. 그들은
서로를 세상에서 가장 아름다운 여자, 멋진 남자로 여겼
고, 어려운 결실을 맺었지. 서로 못 보는데, 같이 반평생
을 하자는 결심을 했으니 말야. 다른 사람들에겐 사뭇 무
모해 보일 수도 있는 결정이었지만, 그 둘은 결혼을 했
어. 예쁜 사랑을 나누며 서로가 서로를 보호하고 살았대.
그들은 아들 하나를 낳았고, 이젠 그 아들이 손자손녀를
낳아서 맞벌이 부부인 아들네를 위해 손자손녀를 돌보고
있었어.

눈 못 보는 사람이 어떻게 아이까지 볼 수 있을까 나도
의문이었지만, 그런 생각은 아주 잠깐이었어. 금방 내가

부끄러웠지. 그들에겐 목숨보다 귀한 아들을 키워 봤던 삶의 연륜이 있었고, 그들의 삶에는 사랑이 충만했기에 가능할 수 있었던 거야.

한 사람이 할머니에게 눈을 뜨게 되면 뭐가 제일 보고 싶냐고 물었는데, 할머니는 무심히 대답하더라. "보고 싶긴 뭐가 보고 싶어. 다 마음으로 그리면 되지."

이번엔 할아버지께 물었고, 할아버지는 입가에 슬며서 미소를 지으면서 대답했어. "손자손녀, 아들, 그리고 우리 금쪽 같은 마누라." 그리곤 쑥스럽게 웃었어. 그는 또 할아버지에게 물었어. "할아버지, 할머니 이뻐요?"라고. 할아버지는 말하더군. "이 세상에서 제일 이쁘지!"

나는 생각했어. 그들이 머리로, 마음으로, 손짓으로 그리는 그림은 세상에서 가장 아름다운 서로의 모습이고, 그들이 그렇게 보고 싶어하는 서로의 얼굴은 세상에서 가장 아름다운 그림이라고 말이야. 가슴을 울리는 그림이 바로 진정한 그림이 아닐까?

노인과 여인

 그림을 보여 주었을 때, 표현은 못했지만 사실 좀 놀랐어. 아주 지쳐 보이는 노인이 젊은 여인의 풍만한 가슴을 입에 물고 있는 모습이었지. 이 화가는 대체 머리 속에 무얼 집어넣고 사나 싶어 쯧쯧 혀를 찼지.

사실 그 자리에서 내 감정을 이야기해 버릴까 싶은 생각도 들었지만, 이 그림 속에는 뭔가 다른 것이 있을 수도 있다는 생각에 입을 닫아 버리고는 바쁜 척을 했어. 그리고 집에 오면서 생각을 해보았지. 대체 그 그림엔 무엇이 숨어 있을까 하고 말야.

결국 난 궁금함을 참지 못하고 열두 시가 가까운 시간에 그 선배에게 전화를 걸었어. 다른 얘기로 뱅뱅 돌리면서 무지함의 창피란 게 없어질 무렵, 지나치는 말처럼 물었지. "아참, 낮에 보여 준 그 그림은 뭐예요? 얘기 좀 해 주세요"라고.

진상은 이렇더군.

푸른 수의를 입은 노인은 그 젊은 여인의 아버지였대. 그 여인이 아버지께 커다란 젖가슴을 고스란히 드러내 놓고 있는 건 말야, 아버지의 임종을 보기 위해 감옥을 찾았다가 많은 날 굶어서 마지막 숨을 헐떡거리는 아버지를 보고는 자신의 가슴을 풀었던 거야. 그 딸은 해산한 지 며칠 지나지 않아 불은 젖을 아버지의 입에 물렸던 거라고 하더군.

사람들마다 그 그림의 출처를 다르게 이야기하지만, 그 내용은 일치해. 현대의 푸에르토리코냐, 고대 로마의 것이냐라는 논쟁은 있지만 말이야.

고대 로마의 것이라 말하는 사람들의 주장으로는, 서기 30년경, 발레리우스 막시무스(Valerius Maximus)가 쓴 『Facta et dicta memorabilia』에 실려 있는 얘기로, 아버지의 이름은 시몬(Cimon), 아버지에게 젖을 먹인 딸의 이름은 페로(Pero)라고 해. 딸의 이 숭고한 행동에 감동한 당국은 결국 아버지를 석방하였다는군.

이 이야기를 주제로 하여 그린 그림을 'Caritas Romana'
라고 부르는데, 고대 로마에서는 벽화로도 많이 그려질 정
도로 인기가 많았다더군. 중세에 접어들면서 이 주제는 거
의 자취를 감추었다가, 인간의 육체에 대한 관심이 부활한
르네상스 시대에 다시 등장했다고 하더라.

아무튼 나는 이 그림 자체에 관심이 생기기 시작했지.
나는 출처 따위에는 관심이 없어. 다만 이 그림을 한번
직접 보고 싶다는 생각뿐이지. 눈으로 직접 보고, 그동안
내게 있던 편견과 상상력의 한계를 반성하고 싶어. 무엇
보다 '세상은 어떻게 보느냐에 따라 달라진다'고 생각하
게 되었어.

문득 스스로 질문을 했지. 내가 바라보는 세상은 어떤 곳
이고, 나는 어떤 모습으로 살기를 바라는지 말이야.

그런데 난 그 여인 같은 상황에서 내가 같은 행동을 할
수 있을지는 자신이 없구나. 친구야, 넌 어떠니?

우츄프라카치아와 이영미술관

<u>특이한</u> 식물에 대해 들었어. 우츄프라카치아라는 식물인데, 아주 결벽증이 심하대. 누구라도 한번 건드리면 바로 시들어 죽어 버린다는 거야. 그래서 우츄프라카치아는 오랜 시간 동안 누구도 접근하기 원하지 않는 식물로 알려졌지. 그러다 새로운 사실이 밝혀졌어. 오랜 시간 이 식물을 연구한 박사가 있었는데, 그는 이 식물이 어제 건드렸던 사람이 내일도 모레도 계속해서 건드려 주면 죽지 않는다는 것을 알게 되었다는군. 까다롭다고 생각되었던 이 식물은 오히려 한없이 외로운 식물이었던 거야. 한 사람을 알고 사랑하는 사람은 끊임없는 관계와 애정으로 피어나는 게 아닐까 싶어.

　화가 박생광의 탄생 100주년을 맞는 역사적인 해, 그리고 오늘, 나는 끌림처럼 이영미술관에 가게 되었어. 그곳을 오가는 길이 짧지는 않았지만, 화가와 그가 인정받기를 바라는 사람들의 긴 인내를 생각하면 아무것도 아니지. 화가 박생광은 말년에 빛을 발하기 시작한 인내의 화가였어.

　박생광과 이영미술관 관장과는 평범한 고등학교 선후배 사이였어. 고등학교 선배가 화가라는 말을 듣고 그림 한 점 얻어 보려고 무작정 찾아간 것이 두 사람의 특별한 인연의 시작인 거지. 그림을 좋아했던 후배는 박생광을 찾아가 넙죽 절을 하고 자신을 밝히며, "그림 한 장 주셔야겠습니다"라고 말했다고 해. 박생광은 "내 그림을 좋아하는 사람도 있어?" 하고 한참 그를 쳐다보더니 그림을 그리기 시작했대. 그림이 끝날 무렵, 붓을 입으로 빨며 사랑하는 애인을 다루듯이 정리하는 그의 모습은 그 후배에게 꽤 충격이었다고 해. 박생광은 늘 입으로 붓을 빨았고, 특히 고가인 석채가 묻은 붓은 입에 천천히 되내어 조심스레 뱉어 다시 사용했다더군. 그의 물감 아끼는 버릇은 오랜 세월을 거쳐 온 동안 몸에 밴 것이었지만, 나중에는 안타깝게도 후두암의 원인이 되었어.

　박생광과 후배의 사연을 들으며 끊임없는 관심이 두

분의 인생에는 우츄프라카치아와 같았는지도 모른다는 생각이 들더라. 화단에서 일본색이라고 외면받던 그가 노화가로서 그 후에 큰 반전을 일으켰거든.

후배는 일주일에 한 번씩 찾아가 그가 그림 그리는 모습을 지켜보며, 맥주와 소박한 안주를 곁들인 소소한 이야기로 그와의 시간을 보냈어. 그렇게 이야기를 나누는 것이 전부였는데, 그 이후부터 그의 그림은 빛을 발하기 시작했고, 인정받게 되었지. 서로의 우츄프라카치아가 그리는 손길과 관심이 되어 한 화가는 노후에 빛을 발휘하였고, 후배는 축사를 개조해 미술관을 만들었다고 해. 박생광이란 가난한 화가를 향한 작은 배려이자 그리움 때문이었던 거 아닐까?

관심과 애정으로 용인에 이영미술관이 생기고, 미술관 관장은 재능 있는 미술학도들 하나하나를 마치 우츄프라카치아 돌보듯 정성을 쏟고 있다고 해. 꿀꿀거리며 돼지들의 소리가 가득했던 곳을 자연 친화적인 미술관으로 만들었고, 소수의 작가 작품을 집중적으로 볼 수 있는 특징 있는 미술관으로 운영하고 있대.

80평짜리 제2전시실은 어미 돼지가 새끼를 낳고 산후조리를 하던 산방인데, 건물 안쪽에 벽을 한 겹 덧붙여

온도를 맞추고 바람을 차단해 놓았더군. 하나의 예술 작품이 나오려면 산후의 고통을 느껴야 한다는데, 아마도 그런 의미에서 어울리지 않나 싶네.

그곳엔 강력한 채색화로 한국화의 새 경지를 연 박생광의 400호짜리 대작 〈명성황후〉 등 여러 작품이 전시되어 있었어. 나는 박생광의 작품을 보며 한 발 뒤로 물러서고야 말았지. 눈앞에서 직접 강한 색채를 보니 그 빨려드는 듯한 강함에 무섭기까지 했거든.

처음에는 그저 '축사를 개조한, 시골 냄새가 가득한 촌스런 곳'이란 생각으로 갔다가 정말 놀라고 말았어. 그곳은 한국의 미가 물씬 풍겨나는 곳이자, 마음의 평온을 위해 찾아가고 싶은 곳이었어. 직접 돈을 놓고 이용할 수 있도록 각종 음료수와 간식거리가 무심한 듯 놓여 있는 바구니도 관장의 사람을 대하는 마음이 아니었을까?

그곳에서 일하는 젊은 화가와 이야길 나누는데 "미술관에 그림이 등록되면 팔 수 없는 그림이 돼요. 여기 있는 그림 전부의 값어치는 어마어마하지요. 하지만 관장님은 단 한 점도 팔지 않으시고 미술관에 모두 다 등록했어요" 하더라. 이제는 꽤 비싼 그의 그림 100여점을 마음의 재산으로 두고 묵묵히 바라보는 이영미술관 관장이 참 나와는 다른 차원의 세계에 있는 분으로 보이더구나. '사랑은 아낌없이 주는 것이다'란 톨스토이의 말이 떠올랐어. 예술가는 지속적인 사랑을 먹고 이기적인 듯하지만, 작품으로 여러 사람에게 사랑을 품어 내는 게 아닐까?

보물을 소유하고, 도둑 맞지 않으려 애쓰는 나머지 그림 한 점 바라볼 여유 없는 이와는 달리, 사랑을 소유하지 않고 바라봄으로써 지켜 내는 그는, 그래서 한 그루의 소나무처럼 그렇게 있을 수 있었던 거 같아.

친구, 나도 바라보는 것만으로도 즐거운, 욕심 없는 사랑을 할 수 있을까?

* 사실 '우츄프라카치아'란 식물은 브라질이 원산인 미모사로, 건드리면 반응한다고 해서 '감응초(感應草)'라고도 합니다. 미모사는 그리스어로 'Mimos'인데, 이는 '흉내내다'라는 뜻입니다. 이 식물은 잎을 먹으러 온 동물이 건드리면 잎을 접어 보이지 않게 만들어 시든 것처럼 위장하는데, 그 모습을 보고 '결벽증이 심한 식물'로 인식된 듯합니다. 또한 '우츄프라카치아'는 아프리카어로 '인간의 영혼을 가진 식물'이란 뜻이어서 그 환상을 자극하는 듯합니다.

사
람

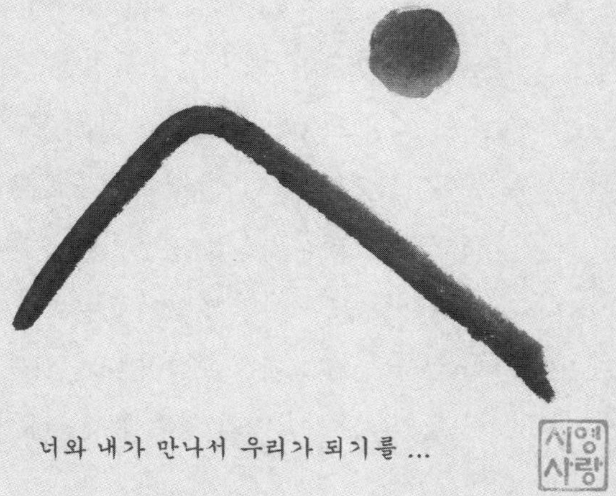
너와 내가 만나서 우리가 되기를 ...

유언장과 알프레드 노벨

<u>엉뚱한 질문을</u> 해서 늘 나를 당혹케 하는 후배가 하루는 그러더군.

"선배는 앞으로 10년 동안 뭐할 거예요? 단어로 짧게 써보세요. 어서요! 아, 그리고 유언장은 가지고 계세요? 전 지금 여자친구에게 남길 유언을 쓰고 있어요."

이놈 참 맹랑한 놈일세… 싶은 생각에 후배의 책상을 들여다봤더니, 종이 한 장에다가 표를 나누어 가며 열심히 적고 있더군. 그 모습이 얼마나 진지해 보이던지 한 번 웃어 주고는 자리에 돌아와 곰곰히 생각해 봤지. 엉뚱한 꿈을 꾸는 그에게 오히려 내가 배울 점이 많다는 생각이 들었어. 그 후배의 엉뚱한 제안에 '유언은 사후의 문

제가 아니라 현재의 삶을 보람 있게 만드는 작업'이라는,
어디선가 들은 말이 떠올랐지. 잠시 나의 끝에 대해 생각
해 봤어. 아직은 너무도 막연한 그 끝을.

사람이라면, '태어남과 죽음'은 누구나 겪게 되는 문제
인데, 나는 이제껏 한 번도 진지하게 죽음을 생각해 본
적이 없었어. 마치 내게는 오지 않을 것처럼, 정해져 있
지 않은 먼 이야기처럼 말야. 하지만 사람의 시간은 신만
이 알고 있는 시한부 인생이란 생각이 들어.

만약 한 달 뒤에 내가 죽는다면, 나는 이제껏 해오던
것처럼 변함없이 같은 일을 할 수 있고, 하루가 심심하다
고 말할 수 있을까? 삶의 달력은 정해져 있는데, 모르는
것일 뿐이잖아. 언젠가는 이 세상에 생명으로 같이 할 수
없다는 생각을 하면, 오늘 하루가 얼마나 소중하고, 이
시간이 간절해지는지 몰라.

그런 생각을 하니 내게 소중하고 가까운 사람들에게
편지를 한 장씩 써두고 싶어. 내 손때를 묻히고, 편지지
의 끝에는 내가 즐겨 사용하던 향수를 한 방울 떨어뜨려
서, 그리울 때면 읽어 볼 수 있는 흔적으로 말야. 거창하
게 '유언장'이란 말을 쓰지 않아도 내가 기억될 수 있도
록, 그들이 나를 기억해 주도록 말야.

내가 죽고 한 달 동안은 나를 하루에 한 번 생각해 주고, 내가 죽고 1년이 지난 후엔 한 달에 한 번씩 기억해 주고, 그리고 1년보다 더한 긴 시간이 지난 후에는 찾아오는 한 계절마다 한 번씩 나를 그리워해 주면 고맙겠어요. 당신이 나를 떠올릴 때마다 나는 당신을 위해 기도할게요.

절친하게 지내던 회사 동료가 어느 날 TV뉴스와 신문 기사에 실렸어. 죽·었·다·고….

믿겨지지 않았지. 하지만 장례식장에서 흐느끼는 그 사람의 어머니와 부인, 딸을 보니 '여자 셋을 남겨 두고 그렇게 간 그 사람이 참 아깝다'란 말뿐, 드릴 말이 없더라. 밝은 웃음이 담긴 사진 뒤에서 갑자기 튀어나와 "장난이었어, 다들 놀랬지?" 할 것만 같았어. 사람이 좋았기 때문에 마음으로 운 사람들이 많았지.

난 슬픔을 그렇게 생각하려 했어. '죽은 것이 아니라 하늘에서 웃으며 지켜보는 거'라고 말야. 그 사람을 아끼는 회사 동료와 선배, 후배들에 의해서 한 블로그에 그의 공간이 만들어졌어. 아쉬운 것은 그가 남긴 글들이 많지 않다는 거였지.

죽음에 이르러 부탁하여 남기는 유언보다는 유언장이 힘이 있는 이유는, 보고 또 볼 수 있다는 거겠지.

'옆집에서 빌린 닭 한 마리를 갚아 주게'란 철학자 소크라테스의 유언과 장수의 비장함이 돋보이는 '지금 싸움이 한창이니 내가 죽었다는 말을 하지 말라'는 이순신 장군의 마지막 말도 인상적이지만, 내게 알프레드 노벨의 유언장은 참 인상적이었어.

지금은 세계에서 가장 권위 있는 상으로 인정받는 노벨상을 만든 노벨. 그는 유언장을 통해 자신이 헌납하는 재산으로 5개 부문의 상을 정해 '인류에 가장 큰 공헌을 한 사람'에게 매년 수여해 달라고 자신의 뜻을 밝혔지. 1895년 11월 파리에서 작성해 스톡홀름의 한 은행에 보관해 두었던 그 유언장이 공개되자, 가족과 친지는 물론 일반인들까지 깜짝 놀랐다고 해.

나의 전 재산을 아래와 같은 방식으로 처리할 것을 밝혀 둔다.

원금은 나의 집행인들에게 맡겨 안전한 곳에 투자해 기금을 조성하게 하고, 거기서 나오는 이자는 지난해 인류에 가장 큰 공헌을 한 사람들을 선정해 상을 주는 형태로 매년 지급하도록 한다. 앞서 언급한 이자는 5개 부문에서 공헌한 사람들에게 골고루 분배하도록 한다.

첫째, 물리학 분야에서 가장 중요한 발견이나 발명을 한 사람.

둘째, 화학 분야에서 가장 중요한 발견이나 발명을 한 사람.

셋째, 생리학이나 의학 분야에서 가장 중요한 발견이나 발명을 한 사람.

넷째, 문학 분야에서 가장 탁월한 이상주의적인 경향의 작품을 쓴 사람.

다섯째, 국가간 우애를 돈독히 하거나 군대를 폐지 또는 축소시키거나 평화 회담을 주창, 개최하는 데 가장 큰 공을 세운 사람이다.

상을 수여하는 데 있어 어떠한 경우에도 후보자의 국적이 고려되어서는 안 된다는 것이 나의 바람이다. 따라서 상은 스칸디나비아인이든 아니든 상관없이 수상할 가치가 있는 사람에게 수여되어야 한다.

알프레드 노벨의 유언장 중에서

나는 '노벨상의 상금이 다 떨어지면 어떻게 될까'란 다

소 엉뚱한 생각을 하곤 했었는데, 유언장을 살펴보니 남
긴 재산에서 생기는 이익금으로 주는 것이더군. 역시 똑
똑한 사람은 다르다니깐.

노벨의 복잡한 성격은 주변 사람들을 당황하게 만들었
다고 해. 사업 때문에 거의 1년 365일을 여행하면서 보
내야 했지만, 노벨은 가끔씩 우울증에 시달리는 고독한
은둔자였대. 말년에는 은퇴해서 검약한 생활을 꾸려 나
갔지만, 저녁식사에 사람들을 초대하곤 했지.

그는 남의 말을 들어주는 능력이 뛰어났을 뿐만 아니
라 기지가 번득이는 사람이기도 했다네. 연애보다는 발
명을 더 좋아해 평생을 독신으로 지냈으며, 에너지가 넘
쳐났던 사람으로 한동안 집중해서 일하고 나서도 여간해
서는 쉬려 들지 않았다고 해. 노벨은 워낙 입이 무거웠던
편이라, 죽기 몇 달 전에도 자신의 결정을 아무한테도 알
리지 않았다는군.

사실 알프레드 노벨은 자신이 죽은 후의 세상의 평가를
이미 경험했었어. 프랑스 한 기자의 오보로 자신이 죽었
다는 기사를 보았을 때, 그의 마음은 어땠을까? 이 기사
가 그의 남은 삶과 유언장에 큰 영향을 주지 않았나 싶어.

죽음의 사업가, 파괴의 발명가, 다이나마이트의 왕

이 죽다!

　만약 지금 내가 죽는다면 어떤 일이 펼쳐질까 생각하니 침통한 얼굴로 입이 다물어지는군.
　1년에 한 번씩 새해의 계획을 짜는 것처럼, 법적 효력은 없지만 자신만의 유언장을 작성해 보려고 해. 그것이 남은 인생에 나를 지금보다는 더 큰 사람으로 만들 수 있단 생각이 드네. 내 유언장이 완성되면 네게도 한 부 카피해서 보내 줄게. 알았지?

원수를 친구로!

적을 없애는 가장 좋은 방법은 적을 당신의 친구로
만드는 것이다.
A.링컨

링컨의 비범한 말을 기억하면서 나는 "용서는 하되 잊
지는 말자"란 유태인의 슬로건이 떠올랐어. 너는 너의
원수를 사랑하고 용서할 수 있니? 스스로에게 그런 질문
을 던졌어. 내겐 참 다행히도 원수는 없는 거 같은데, 그
런데도 용서 대신 망각을 했던 거, 무관심이 되어 버렸던
거… 그 정도가 내 인격인 거 같아서 창피한 감정이 들
어. 그냥 살다가 어느 순간에 짜증 나고, 밉고, 이유없이

싫어지기도 하고, 그젠 너무 좋았다가 어제는 얄미웠다가 오늘은 다시 좋아지는… 그런 감정은 수도 없이 반복되지. 특히 가까운 사람일수록 말이야. 내가 싫어하는 사람은 누굴까… 가만 생각해 봤어.

카페 화장실에서 문 열어 놓고 볼일 보는 남자같이 창피한 걸 너무 모르는 인간, 온 세상의 이성이 다 자기 애인인양 집쩍대는 사람, 너무 깨끗한 척하는 사람, 무거운 짐은 다 남자가 들어야 한다고 생각하는 너무 공주인 여자, 동물과 아기를 너무 싫어하는 사람, 약자에게 너무 강하고 강자에게 너무 약한 사람, 말하는 걸 도무지 믿지 못하겠는 사람, '재미없어'란 말을 자주 달고 사는 사람, 마음이 너무 꼬여 있는 사람 등등….

근데 여기에 공통점이 뭔 줄 아니? '너무', '자주', '도무지'란 단어가 들어간다는 거야. 적당하면 욕을 안 먹는다는 거지. 사람에게 모자라지 않음이나 넘치지 않음이란 게 생각보다 쉬운 일은 아닌 것 같아. 요즘 같은 세태에 적당히 튀는 매력을 가지면서 내면의 중도를 지킨다는 게 쉽지는 않지.

누군가 내게 "직장에서 짜증 나는 사람이 있는데, 어떻게 했으면 좋겠어요?"라고 물었어. 그때 나는 "쉽지는 않지만, 그 사람을 미워하느라 낭비되는 에너지가 아까우니, 최대한 멀리 있으세요"라고 간단히 대답해 버렸지. 하지만 이제 생각하니 그건 아니었던 것 같아.

용서를 해야 한다는 필요성에 용서한 척, 이해한 척 넘어갔지만… '척'이었기 때문에 아직도 우리네가 괴로운 거 아닐까? 진실로 "사람이 살다 보면 그럴 수도 있는 거지"라고, 정말 깨끗이 용서하고 내 마음의 평화를 찾는 사람이 현명하지 않나 싶어.

세상을 미움이란 감정으로 채우기엔 시간이 그리 많지 않아. 왜 인생이란 10대에는 10km로, 20대에는 20km로, 30대는 30km로, 80대는 80km로 가는 거라고들 하잖아. 그 말 정말 맞는 거 같아. 하루는 24시간, 1년은 365일인데… 왜 매해 지나가는 속도가 빨라지는 거지?

평소 자기 위주로 생각하는 나에게 링컨은 일침을 가하더군. '적을 없애는 가장 좋은 방법은, 적을 당신의 친구로 만드는 것이다'라고 말야.

"대통령 각하, 지난날 스탠턴이 한 행동을 벌써 잊으셨습니까? 그는 아직도 당신을 비난하고 있습니다. 어떻게 그런 사람을 이런 중요한 자리에 앉힐 수 있습니까?"

링컨은 참모들의 말을 듣고 나서 이렇게 대답했대.

"그 사람이 나를 수백 번 무시한들 어떻습니까? 그는 사명감이 투철한 사람으로, 국방부 장관을 할 충분한 자질이 있습니다. 그는 지금의 난국(남북전쟁)을 훌륭하게 극복할 수 있는 소신과 추진력을 갖춘 사람입니다. 그가 이 난국을 해결해 줄 수 있다면, 나는 아무래도 상관이 없습니다."

"그래도 스탠턴은 당신을 비난하고 모욕한 당신의 원수가 아닙니까? 원수를 없애 버려야지요!"

링컨은 빙그레 웃으며 말을 이었다지.

"저도 그렇게 생각합니다. 원수는 우리의 마음 속에서 없애 버려야지요! 그러나 그것은 '원수를 죽여서 없애라'는 말이 아니라 '원수를 사랑으로 녹여 친구로 만들라'는 말입니다. 예수님도 원수를 사랑하라고 하셨습니다. 이제 그 사람은 나의 적이 아닙니다. 나는 적이 없어져서 좋고, 그처럼 능력 있는 사람의 도움을 받게 되어 좋고, 일석이조 아닙니까?"

결국 스탠턴은 링컨과 힘을 합쳐 국난을 극복하고, 많은 일을 해냈지. 그는 국방부 장관으로 재임하는 동안 최선을 다해 일했다고 해.

링컨이 암살자의 총에 맞아 숨을 거두었을 때, 스탠턴은 링컨을 부둥켜 안고 통곡했대.

"여기, 가장 위대한 사람이 누워 있습니다."

스탠턴은 링컨을 헐뜯었던 사람이었지만, 나중에는 링컨을 가장 위대한 인물로 존경하는 사람이 되었어.

이렇게 링컨은 자기를 미워했던 원수까지도 용서하고 사랑함으로써 진정한 승리자가 된 거야. 참으로 현명한 링컨 아저씨께 매번 한 수를 배운다니깐.

링컨을 숭상(?)하는 내게 오늘 또 하나의 사건이 생겼어. 서양과 동양의 만남이랄까? 역시 훌륭한 생각은 동서양을 막론하는 건가 봐. 채근담(菜根譚)의 한 구절인데, 한번 들어 볼래?

人之過誤 宜恕 而在己則不可恕
己之困辱 當忍 而在人則不可忍
다른 사람의 잘못은 마땅히 용서해야 하지만,
자신의 과오를 용서해선 안 된다.
나의 괴로움은 마땅히 참아야 하지만,
다른 사람의 괴로움을 참아서는 안 된다.

아름다운 철도원

 올라갔다 내려오는 것이라고만 생각했어. 그러나 콜카캐년처럼 내려갔다 올라오는 산도 있지. 우리는 서울과 부산을 먼 곳이라고 느껴지만, 몇 시간 거리쯤이야 '근처'라고 표현하고 사는 사람들도 있어.

나는 오늘 한 장의 잎으로도 살아갈 수 있는 생명을 보여 주는 『마지막 잎새』를 기억했어. 인생을 사랑하고, 사람을 사랑할 줄 아는, 아름다운 철도원과 그의 아내를 보고 말이야.

언젠가 9시 뉴스에 따스하지만 마음 아픈 이야기가 있었어. 아이를 구하고 자신의 두 다리를 잃은 어느 철도원의 이야기. 쉬임없이 타고 내리는 그곳에서 그 아이를 발견하고 구한 건, 정말이지 놀라워. 난 그 이상의 어떤 단어도 찾아낼 수 없었지. 그저 놀라울 뿐이었어.

내가 그 뉴스를 보고 "네가 철도원이었다면 어떻게 했겠니?"라고 물었던 거 기억나? 너는 대답했지. "아마도 그가 그럴 수 있었던 건, 사명감과 자부심이 있는 철도원이었기 때문일 거야"라고. 사명감과 자부심— 참 가볍고도 무거운 말이었어. 근데 말야, 오늘 한 기자에게 그에 대한 이야기를 전해 들었어.

그 기자가 그러더라. 아름답더라고 말야. 철도원 부부의 신의와 사랑이 부럽다고. 둘이 어찌나 사랑하는지… 남편이 두 다리를 잃고도, 둘 다 그것에도 감사하며 살더라고… 참 이쁘더라고 말야.

몸이 불편해져도 부부는 마음을 털어내려 산에 오르고, 도서관에서 같이 책을 보며 마음을 담고… 그런 이야길 들으니 아주 예쁜 모습이 상상됐어.

두 부부가 바람 솔솔 부는 분수 옆에 앉아 있는데, 그 뒤로 무지개가 살짝 지나가는 거야. 거기에 "NO RAIN NO RAINBOW(비가 내리므로 무지개가 뜬다)"란 문구도 새겨 넣어야지. 무지개는 인생에 지친 그들에게 조용한 파티를 열어 주며, 애너벨리의 영원한 사랑 이야기를 들려주겠지? 드라마보다 더 드라마틱한 해피엔딩을 말이야.

그의 두 아들은 그 아이만 생명이냐고 물을 수 있겠지만, 나이가 들면서 아버지의 진정한 사랑를 이해하게 될 거야. 피투성이가 된 그는 달려온 동료들에게 자기의 두 다리가 어떻게 되었는지보다 아이는 무사한지를 먼저 물어보았다지? 그 깊은 따스함과 사명감이 두 아들에게는 살아 있는 교과서가 될 거야.

사람들은 언제라도 '아름다운 철도원'을 기억할 거야.

그는 단순히 한 명의 목숨을 구한 게 아니란 생각이 들어. 그 소년이 청년이 되면 자신의 받음을 나누고 전하고 싶을 테고, 다시 산 인생을 얼마나 감사할지…. 그리고 그 소년이 전한 사랑이 또 한 사람을 바꿀 것이고, 또 그 사람이 다른 사람에게 사랑을 전할 '사랑의 전령'이 되겠지. 그것이 바로 사랑의 힘이라고 믿어.

* 아름다운 철도원님은 건강한 미소와 함께 1년 만에 사무직으로 복직하셨습니다.

청소부의 사랑

오늘 아침 나는 행복을 보았어. 피렌체의 숙소를 나와 다음 도시로 떠나는 이별의 아침이기도 했지만, 기분은 참 상쾌했지. 아마도 그건 특별한 청소차를 봤기 때문일 거야. 청소차 뒤에 걸터앉은 두 청소부 아저씨가 엄지손가락을 들어 보이면서 "Buon giorno(본 조르노)!"라고 활짝 웃으며 인사했거든.

세상의 어떤 아침 인사보다도 상쾌했다고 말하고 싶어. 마치 한 여름날에 얼음 가득 넣은 아이스티를 벌컥 들이키는 기분이라고나 할까? 그걸로 충분히, 나는 오늘 하루도 최선을 다하리라고 마음먹었어.

다른 도시로 가는 유로스타 안에서 누군가 깔깔거리며

웃기 시작했는데, 그 웃음이 전염되어 그 칸에 탔던 모든 사람들이 서로를 보면서 웃기 시작했어. 하하.

웃음은 정말 상쾌한, 또 하나의 아침 인사였지. 웃음이 가득한 그 기차를 타고 오면서, 전에 들었던 청소부 이야기가 생각났어.

도심의 한 아파트. 새벽을 여는 신문 배달원과 뒤이어 청소차가 도착하고 있었어. 쓰레기를 치워 주는 고마움 따윈 누구도 생각하지 않았어. 그저 악취가 진동하는 그 차를 조금이라도 피해 가려고 애쓰는 모습만 보였지. 마치 큰 잘못을 저지르기라도 한 듯, 사람들은 그 차와 그 차의 뒤칸에 매달려 있는 청소부를 찡그리며 대했어. 그 것은 아주 일상적이고 당연한 듯 여겨졌지.

무뚝뚝하고 무미건조한 사람들의 표정에 비하면, 그 차의 뒤에 매달려 있는 청소부의 표정은 그야말로 '아침을 여는 공무원'이라고 할 수 있었어.

그는 눈을 마주치는 사람들에게 "좋은 아침입니다. 행복한 하루되세요!"라는 짧고 경쾌한 인사를 해댔었지.

쭉쭉 뻗은 아파트, 똑같은 엘리베이터에 똑같은 구조를 지닌 아파트에 살아도 서로를 잘 모르는 경우가 태반이지. 그나마 한 달에 한 번 모이는 반상회가 있어서, 얼굴도 익히고 인사를 나누며 도시의 정을 이어가고 있는 것 같아. 하루는 경비실 옆에서 아주머니 몇이 여느 때와 다르게 심각한 표정으로 이야기하고 있었대. 평소 밝은 표정으로 귀여움을 독차지한 새댁이 귀한 물건이 쓰레기와 함께 버려진 것 같다며 울먹였다는 거야. 잃어버린 물건은 다름아닌 바로 결혼 예물로 받은 다이아몬드 반지였어.

하지만 청소차는 이미 새벽에 다녀간 뒤였고, 그날의 청소부를 찾아 알아 본 결과, 이미 그 쓰레기는 난지도까지 가서 버려졌다는군. 아무튼 이 소리를 들은 그날의 청소부 당번은 오전 근무를 끝낸 후 사무소를 빠져 나왔대. 청소 소장은 그 말을 귓등으로 듣고, 그거 주워 아내에게 결혼기념일 선물로 주었으면 내 밥상이 달라졌을 거라고 우스갯소리를 했다네. 암튼 이런 상황에도 농담이 나오나 봐. 하긴 남의 일이니까.

그 청소부가 어떻게 했는지 알아? 난지도에까지 찾아가 온 쓰레기를 뒤지고 있었대. 아무리 익숙한 일이고 직업이라고 해도, 한나절을 쓰레기만 파헤치니 냄새 때문에 머리가 어지러운 건 당연했겠지. 생각만 해도 끔찍하지 않니?

그렇게 하루의 해가 뉘엿뉘엿 질 무렵 난지도의 한곳에서 환호의 외침이 들렸다고 해. "찾았다!" 마치 자기의 물건이라도 찾은 듯 기쁨의 외침은 메아리로 돌아왔지.

그는 서둘러 다시 아파트로 돌아가 그 집의 초인종을 사정없이 여러 번 눌렀대. 그리고 새댁을 보자 환한 얼굴로 물건을 건네 주었대. 새댁은 너무나 기쁘고 감사한 나머지 청소부의 손을 덥석 잡았어. "아저씨. 너무 감사드려요. 어떻게 보답해 드려야 될지요."

그때 옆집 아이가 엘리베이터에서 내리면서 "어휴~ 냄새야!" 하고 코를 막았대지? 그제서야 청소부도, 새댁도, 심한 악취가 난다는 사실을 깨달았대. 둘은 무안한 듯 서로 마주보고 웃었대. 그 웃음은 새댁의 기억과 가슴 속에 감사함으로 깊이 남아 있다더군.

새벽 기도가 만든 기적

<u>오늘 참</u> 맘이 아팠어. 초등학교 2학년 때부터 지금까지 내 생활을 정화시켜 주는 일요일이 먼 화성으로 가버린 느낌이랄까. 교회는 내게 일요일의 알람시계 같았거든.

몇 사람이나 알까? 지금 내가 다니는 아주 큰 교회가 허름한 상가의 옥탑방 같은 곳에서 시작되었다는걸. 그렇게 오랜 시간을 함께 했으면서도, 난 오늘 처음으로 목사님 이야기를 들었지. 오늘은 그 이야기를 하고 싶어.

전쟁통에 한 나라가 나뉘게 되고, 다들 기약 없는 이별을 해야 했지. 우리에겐 그리 실감 나지 않지만, 영화를 통해, 사료를 통해, 그리고 귀에 딱지가 내릴 만큼 부모님께 들었기에 그 생이별의 아픔을 짐작은 할 수 있었어.

그때 북에서 남쪽으로 내려가는 피난 대열에 다들 정신이 없었다고 하더군. 무엇을 챙겨야 하나, 과연 우리에게 내일이 있을까… 모두들 머리는 복잡했지만, 가족들 간에는 서로를 지키려는 본능 가족애가 있었어.

한 아들과 어머니의 얘기야. 아버지가 눈앞에서 억울하게 총살당하는 것을 힘없이 지켜볼 수밖에 없었던, 아직 어린 아들이었지. 아직 충격이 가시지 않은 이른 새벽, 어머니는 어린 그를 불렀어. 남편의 죽음을 슬퍼할 겨를도 없이, 자식을 위해서 여자의 자리를 누르고 어머니의 힘을 내신 거지.

온화한 표정으로 아들을 맞은 어머니는 아들에게 무릎을 끓게 하고 간절히 기도하셨대. 아들은 어머니의 무릎 위에 두 손을 모았고, 어머니는 그 손을 꼬옥 감싸며 작고 나즈막한 목소리로 기도를 하셨다는군. 기도를 마치고 눈을 뜨신 어머니는 "너만은 남으로 내려가야 한다. 내가 줄 것은 이것밖에 없다"며 아버지가 읽던 성경책을 아들에게 주었대.

"내가 널 위해서 한평생, 이 시간에… 새벽에 널 위해 기도할 것이다. 이것만은 내가 약속하마… 널 위해 해줄

것이…아무것도 없구나… 그러나 너는 반드시 목사가 되어야 한다. 네가 목사가 되도록 하나님께서 인도하실 것이다."

그렇게 말씀을 마치신 어머니께서는 성경 말씀을 하나 주셨다더군.

"'내게 능력 주시는 자 안에서 내가 능치 못한 일이 없느니라.' 이 말씀을 마음에 새기고 가라."

새벽길을 떠나는 어린 소년에게 주어진 건, 주먹밥 몇 개와 소중한 아버지의 성경책이 전부였던 거지.

그 어머니는 머리 속에 그려지는 아직 어린 아들을 위해 94세가 될 때까지 새벽마다 기도하셨다고 하더군.

달랑 성경책 한 권을 의지 삼아 '가능하게 하실 것이다'란 강한 메시지를 정신적인 지주로, 아이는 남쪽으로 내려왔고 성장하였지. 온갖 어려움이 있었겠지만, 어머니 말씀대로 그는 목사가 되었어. 그것도 1세기에 한 번 나올까 말까 하다는 강한 카리스마를 가진 목사님 말이야. 그렇게 유명한 목사님이 되어서 여러 사람들에게 희망의 메시지를 전하고 계시지.

그 목사님은 내가 초등학교 2학년 때부터 지금까지 줄곧 매주 영혼의 카타르시스를 선물로 주고 계셔. 삶 속에서 살아야 할 이유와 죽어야 할 이유를 어렴풋이나마 알게 해주신 분이기도 하지. 그 오랜 시간 동안, 아주 어린 소녀인 내가 한 여인이 될 때까지, 목사님 본인도 새벽 기도를 멈추지 않으셨대. 하루도 빼놓지 않고 말야.

오늘 나는 이 많은 사연을 담은 기적 같은 교회에서 은퇴를 앞둔 목사님의 이야기를 들었어. 평생 처음으로 자신의 성장 과정과 목사가 되고, 이 교회가 세워진 지난날의 이야기를 한 편의 드라마처럼 듣게 되었지.

내 어린 시절부터 지금까지를 같이한 교회와 목사님의 이야기를 일요일의 마지막 말씀으로 들으면서 난 복바쳐 오르는 마음에 눈물을 흘렸어. 주변 사람들도 다 눈시울이 붉어지더군.

쓸쓸하고 힘들었던 그 시간들이 많은 시련과 사건 속에서 꿈틀거릴 때, 그는 홀로 골방에서 자신을 위해 이른 새벽에 기도하시는 어머니를 생각했을 거야. 그 모습에 욕망을 참고, 고통도 참고, 가난도 견뎌 가며, 자신의 말씀을 만들어 내었던 그 세월의 강들이 내겐 정말 특별한 경험이었어.

어린 소년이었던 아들이 이제 영향력 있는 목사가 되어, 자신의 아버지를 죽음으로 몰고 갔던 사람을 용서하

고, 그곳에 선교적인 도움을 주고 있다는 게 정말이지 찡
하게 느껴져. 아버지의 죽음은 복수의 헛된 세월을 주지
않고, 그 어머니의 정성어린 새벽 기도에 사랑으로 승화
된 거지. 오늘 이 마지막 말씀도 내 일생의 삶을 깨끗이
정화하는 카타르시스가 되리라 믿어.

아리랑과 하이든

친구, 해질녘 거리에서 협주곡을 들어 본 적 있어? 도시의 거리에서 듣는 음악 소리는 어떤 연주회 장소보다 내겐 특별함으로 다가오지. 그건 마치 사랑을 샘솟게 하는 에너지가 들어 있는 것 같아. 노을로 물드는 거리에서 난 차분함과 세련됨을 갖춘 고풍스런 도시의 실루엣과 음악 소리에 빠져 들고 있었지.

오페라 하우스 앞에서 거리의 악사가 연주하는 하이든의 음악을 듣고 있는데, 어떤 사람이 다가와서 아는 척을 하는 거야. 자세히 보았더니 스위스에서 만난 적이 있는 어린 청년이 다가와 "여기에서 또 만나네요"라고 웃으며 내 옆에 앉더라. 그리곤 다소 기쁜 뉴스를 전해 주었어.

아— 음악의 도시 빈에서 나는 음악에 취하고, 가슴에
아지랑이가 피어나는 소식도 듣고… 정말 엔도르핀이 넘
치는 저녁이었지.

기쁜 뉴스라는 건 이거야. 세계에서 가장 아름다운 곡
을 선정하는 대회가 있대. 영국, 미국, 프랑스, 독일, 이
탈리아의 작곡가들로 이루어진 이 〈세계 아름다운 곡 선
정 대회〉에서 82%라는 엄청난 지지를 받고 선정된 곡이
바로 전자 바이올리니스트 유진박이 연주한 〈아리랑〉이라
는 거야.

선정 과정 중에는 단 한 명의 한국인도 없었고, 또 이
들도 서로 놀라는 눈치였다지? '한국이라니?!'란 표정을
지으며 말야. 심사위원들은 말했대. "이 곡은 한국이라
는 나라를 나에게 깨우쳐 줬다. 듣는 도중 몇 번 씩 흥이
났다. 말로 표현할 수 없이 감동적이다"라고 말야. 이런
이야기를 들을 땐, 정말 가슴에서 아지랑이가 피는 듯 묘
한 으슥함이 느껴져.

그 뉴스를 들으며, 난 어릴 적 학급 조회 시간에 〈애국
가〉를 오르간으로 치던 기억을 떠올렸어. 아이들 앞에
서면 아무 생각도 안 나고, 실수해서는 안 된다는 강박관
념에 그저 외워서 쳤던 걸로 기억해. 그때는 학교에서고

밖에서고 애국가를 흔히 들을 수 있어서, 그 노래가 나오면 '또야?'란 표정으로 지겨워했던 거 같아. 근데 문득 오늘은 그 노래가 그리워지네.

음악을 전공한다는 그 친구는 이어 하이든에 대해 이야기해 주었어. 하이든은 이 음악의 도시 빈으로 왔다고 해. 그의 나이 60세에 말이야. 그러나 그의 명성은 여전히 빛을 발하고 있어서 많은 사람들이 찾아오곤 했다는군. 청년 베토벤이 찾아와 음악을 배우고 갔다고도 하네. 하루는 영국의 바이올린 연주자 잘로몬이 찾아와 그를 런던으로 초청했어. 그는 잘로몬의 청을 받아들여 영국으로 건너 가게 됐대. 그리고 열두 곡의 교향곡을 작곡했는데, 그것이 바로 93번부터 104번까지 열두 곡이라는군. 이 교향곡은 작곡을 의뢰한 사람의 이름을 따서 〈잘로몬 교향곡〉이라고 불려지기도 한대.

아무튼 드높은 명성에 걸맞게 영국 사람들은 하이든을 극진히 대접했대. 덕분에 하이든은 부와 명예를 마음껏 누렸지. 영국인들은 헨델처럼 하이든도 영국에 귀화하기를 원했다더라. 그러나 하이든은 고개를 저으며 말했다고 해. "영국에는 내가 원하는 모든 것이 있으나, 단 하나 나의 모국 오스트리아가 없다"고 말야.

그 이야기를 듣고 난 '개인과 나라'에 대해서 잠시 생각하게 되었어. 나라보다 개인이 중요한 시대가 되었지만, 중요한 건, 무엇을 하든 어디를 가든 한국인이라는 사실이지. 그것만큼은 아무리 돈이 많고 빽이 좋아도 변하지 않는 사실이고, 지울 수도 변경할 수도 없는 주어진 운명이 아닐까?

아무튼 그 친구의 이야기를 들으며 안타까움도, 슬픔도, 아픔도 많은 우리의 조국 대한민국이지만, 우리는 선택이 아닌 필수적으로 아껴야만 한다는 생각이 들더군. 부모가 마음에 안 든다고, 가난하다고, 생각이 틀리다고 바꿀 수 없는 것처럼 말야.

음악의 도시 빈에서 멋진 뉴스와 위대한 음악가 하이든의 이야기를 접하며, 이제 새롭게 조국을 사랑하는 법을 생각해 내고 깨우쳐야겠다는, 다소 기특한 생각을 하게 됐어. 나라 밖에 있으면 누구라도 애국자가 된다더니… 그말이 맞는 거 같네.

사랑의 집

 즈음, 일기 예보에도 없었던 비가 쏟아졌
어. 갑작스런 비를 피하기 위해 어느 건물의 좁은 처마
밑으로 뛰어들었지. 그곳에는 이미 나와 같은 처지의 한
청년이 서 있었어.

빗방울이 더 굵어지기 시작하자 할아버지 한 분이 가
세하셨고, 그런 다음 중년 아저씨 한 분, 마지막으로 아
주머니 한 분이 비좁은 틈으로 끼어들었어. 출근 시간의
만원 버스처럼 작은 처마 밑은 낯선 사람들로 금세 꽉 차
버렸지. 땀 냄새와 비 냄새로 끈쩍거리는 그곳에서 우리
는 서로에게 인사도 없이 그저 비좁음에 짜증을 내고 있
었던 거 같아.

그런데 갑자기 뚱뚱한 아줌마 한 분이 이쪽으로 뛰어들어오는 바람에 맨 먼저 와 있던 청년이 얼떨결에 튕겨 나갔어. 청년은 어이가 없다는 표정으로 우리를 쭉 훑어봤어. 난 얼른 눈을 내리깔았지. 그중 할아버지가 한마디 하셨어. "젊은이, 세상이란 게 다 그런 거라네." 그 청년은 물끄러미 할아버지를 쳐다보더니 길 저쪽으로 뛰어갔어.

한 4~5분 지났을까? 아까 그 청년이 비에 흠뻑 젖은 채로 비닐 우산 다섯 개를 옆구리에 끼고 나타났지. 그리고 사람들에게 하나씩 건네 주며 말했어. "세상은 절대 그런 게 아닙니다"라고 말야.

한 돈 많은 부자가 있었어. 그는 서른이란 나이에 백만 장자가 되는 큰 성공을 거두었대. 하지만 그는 거기에 만족하지 않았고, 더 많은 돈을 벌기 위해 노력했지. 그는 돈을 마음껏 쓸 수 있고 벌 수 있는, 모든 사람들이 부러워하는 그런 큰 부자였지.

그러나 그는 심장 발작증 때문에 인생의 큰 절망을 경험해야 했어. 그 평범한 부자는 병마에 시달리면서 자기가 걸어왔던 길이, 그리고 돈을 썼던 곳이 큰 의미가 없다는 것을 깨닫게 되었지. 그는 자신의 모든 재산을 팔아서 교회, 대학, 자선 기관에 기부하고, 크리스찬으로서 하나님의 뜻에 따라 살기로 마음먹었대. 그가 우여곡절 끝에 1976년 조지아에서 소위 '사랑의 집 짓기 운동'이라고 알려진 국제 해비타트(Habitat for Humanity International)를 개시하게 된 건 결코 우연이 아닌 거지. 아무튼 그는 이제 평범한 부자가 아니라, 소망을 품는 '꿈꾸는 부자'가 되었다고 해. 그가 바로 밀라드 풀러(Millard Fuller)야.

세상의 서러움 중에서 집 없는 서러움이 제일 크다고 하지. 세계 어느 부강한 나라도 아직 주거 문제를 완전히 해결한 나라는 없다더군. 그가 펼친 해비타트 운동은, 미국뿐만 아니라 전 세계적으로 집 없는 사람들에게 희망을 주고 있다고 해. 한국에서도 이런 운동이 있어.

실제로 가난 때문에 헤어져야 했던 부부가 재결합을 하기도 했고, 집이 없어 흩어져 생활해야 했던 가족이 한데 모여 살게 되어 기쁨의 눈물을 흘렸다고도 해.

침실 둘에 주방과 거실, 화장실이 있는 16평짜리 소박한 주택일 뿐이지만, 집 없는 이들에겐 평생의 소원이지. 하지만 공짜는 아냐. 500시간의 노동과 건축비 원금은 월 10~13만원씩 15~18년간 상환해야 하는 의무가 부여된다고 해. 적어도 그들에겐 감사함은 있어도 미안함은 없을 거란 생각이 드네.

또 다른 얘기도 하나 해줄게.

한 나라의 대통령이 있었어. 그는 대통령의 직무에 최선을 다하려 애썼고, 도덕성과 평화를 앞세워 남다르게 노력했다고 해. 평범했던 자신이 대통령의 자리에 섰을 때 무엇보다 결심한 것은, 자신은 물론이거니와 아이들과 사랑하는 아내에게 부끄러운 행동을 하지 말자는 것이었다는군. 하지만 그의 많은 인내심과 노력에도 불구하고 그것은 쉽지 않았지. 대통령의 자리는 혼자 노력한다고 되는 게 아니었고, 멋져 보일지는 모르지만 참으로 고단한 자리였다고 해.

특히 국민을 지키지 못한 몇 가지 사건이 발생하고, 설상가상으로 경제 정책이 파탄을 불러 오고, 마침내 자기 편이었던 사람들조차 손가락질했을 때, 그의 마음은 많이 힘들었고 지쳤었겠지. 결국 그는 실패한, 무능한 대통령이란 소리를 들으며 물러나야 했어.

하지만 그는 대통령직에서 물러난 후에 결코 실패한 사람으로 머물러 있지 않았어. 그는 대통령이기 전에 한 인격을 가진 사람이었기에 실패를 마음 속의 큰 교훈으로 삼았지. 임기가 끝나고 국민들에게 외면을 받았지만, 그는 마음 속 깊이 죽는 날까지 대통령의 시간들을 감사하며, 나머지 여생을 국민들을 섬기겠다고 다짐했어.

그는 퇴임 후에 진정한 대통령으로서의 면목을 보였어. 자기가 할 수 있는 모든 일들을 하려 했고, 앞서 말한 해비타트에서 펼치는 '사랑의 집 짓기' 운동에도 적극적으로 참여했지. 우리나라도 몇 년 전에 방문해서 아산에서 열린 행사에 참여했다고 해.

그렇게 퇴임 후 21년간 세계 평화와 인권을 위해 노력한 공로가 인정되어, 그는 2002년에 노벨 평화상을 받았지. 그가 바로 미국의 39대 대통령이었던 '지미 카터'야.

인생은 보이지 않는 것이 더욱 중요하다고 생각합니다. 보이지 않는 것에는 정의, 평화, 봉사 정신, 용서, 연민, 사랑이 있습니다. 이런 것들이 한 개인의 성공적인 삶과 인생에서 가장 중요한 것들이라고 말하고 싶습니다.

지미 카터

음식

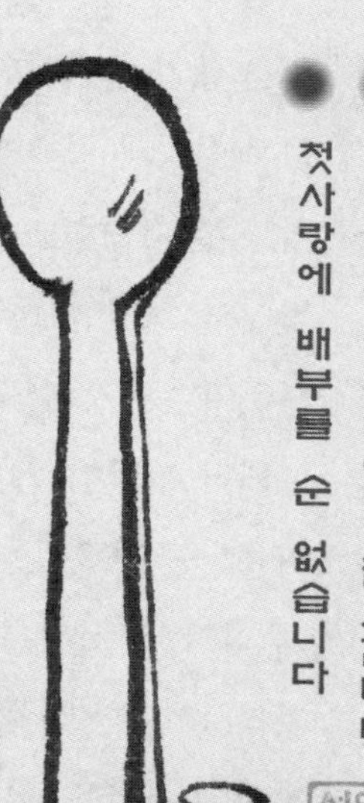
사랑에도 반복연습이 필요합니다
첫사랑에 배부를 순 없습니다

수제비와 술지게미

사회 생활을 시작하면서 제일 신났던 일이 있었어. 그건 내가 좋아하던 드라마를 만든 존경하던 사람, 닮고 싶은 사람과 함께 일하는 것이었지. 그 가운데서도 큰 눈이 이쁜 유명한 드라마 작가와 일주일에 두 번씩 그녀의 집에서 보냈던 시간은, 일이라기보다 행복하고 유익한 시간이었고, 꿈을 꾸는 시간이었어.

대하 드라마를 준비하면서 나는 온 힘을 다해서 글에 도움되는 자료집을 만들었어. 이름표마저 컴퓨터로 이쁘게 작업하곤 했다니깐. 그때 그녀는 내게 "시집 좋은 데 가라"는 덕담을 해주었어. 그 당시 나는 어리고 이제 막 사회에 첫발을 내딛은 때라, 일에서 꼭 승부를 보고야 말

리란 욕심에 그 덕담은 다소 싱겁게 들렸지. 하지만 지금
와 생각하니 그녀 나름대로 최고의 애정 표현이었던 거
같아.

나는 그녀의 이야기를 듣는 것이 아주 좋았어. 머리 속
에서 하나도 놓치지 않으려고 애썼지. 특히 한 이야기가
마음 속에 남아 있어.

지금은 여유롭지만 예전의 그녀는 무지하게 가난했었
다고 하더군. 가난하지만 정이 많이 섞인 단란한 다섯 가
족이었는데, 평생 장교를 하시던 아버지가 은퇴를 하시자
생활은 더욱 어려워졌다는군. 그 이야기를 듣는데 이야기
초반부터 마음이 아팠어. 큰 눈에서 약간의 물기가 보였
었거든. 암튼 그 아버지는 집에만 계시는 게 답답하신지
아침을 늦게 드시고는 집을 나가셔서 저녁 먹을 때가 되
어서야 터벅터벅 돌아오곤 하셨다고 해.

어느 날은 느닷없이 양계를 하신다고 병아리들을 잔뜩
사오셨다더군. 샛노란 병아리들이 노는 모습을 다정히
지켜보는 아버지의 눈엔 건강하게 자란 큰 닭들이 보였
을까? 얼른 크길 바라셨는지 아버지는 사료를 잔뜩 사오
셔서 먹이통에 가득 넣고, 비었다 싶으면 다시 가득 채워
놓으시곤 했대. 식구들의 쌀값도 부담스러운 하루하루에

병아리들이 점점 커 닭이 되자, 오히려 사료값이 부담이
될 정도로 만만치 않게 되었나 봐. 장독대의 쌀도 떨어지
고, 사료도 바닥이 나버린 게지.

어머니는 마지막 남은 돈으로 고민을 하시더니 나가셔
서 밀가루 한 푸대를 사오셨대. 아마도 닭의 사료와 가족
의 먹거리를 놓고 잠시 생각을 하신 듯해. 정말 가슴이
아픈 이야기지? 나는 더욱 그녀의 큰 눈망울 속으로 들
어가 이야기를 듣고 있었어.

아무튼 그 밀가루로 식구들의 밥을 하는 게 장녀인 그
녀의 몫이었는데, 그녀가 밀가루로 할 줄 아는 것은 수제
비밖에 없었다더군. 일주일까지는 수제비를 잘 먹어 주
던 동생들이 또 수제비를 올렸더니 한 동생은 울음을 터
트리고, 또 한 동생은 그 모습을 보고 울먹거리면서 "밥
먹고 싶다…" 그러더래.

그때 아버지는 숟가락을 드신 채로 아무 말씀도 않고
가만히 계셨다고 해. 그녀는 그날처럼 어린 동생들이 미
워 보인 때가 없었대. 그래서 밖으로 불러내 볼기짝을 있
는 힘껏 때려 주었대. 그때 원망스럽게 쳐다보던 동생의
눈빛을 지금도 잊지 못한다는군. 동생은 맞다가 울다가
하면서 끝내는 잘못했다고 엉엉 울었고, 모두는 울음바

다가 되어 버렸다더라. 그리고는 다짐했대. 가난한 것도 억울한데 사랑만큼은 잃지 말아야겠다고. 그 대목에선 나도 같이 울먹거렸어. 그녀의 마음이 참 찡하더라.

그 다음날 동생은 하루 종일 안 보이며 마음을 졸이게 하더니 저녁 늦게서야 돌아왔는데, 뭔가를 끙끙대며 끌고 왔더래. 그게 무엇인가 하고 자세히 보니 동네 술집에서 술지게미를 가져온 거야. 닭들에게 먹이려고 말야. 순간, 기다렸던 마음과 안타까웠던 마음이 웃음으로 번졌대.

그 다음부터는 사료값이 없는 날이면 동네 술집에서 술지게미를 리어카로 실어다 닭들에게 먹였다는군. 술지게미를 먹은 닭들은 딸꾹질을 하며 비틀거렸는데, 그 모습을 보며 온 식구들이 눈물을 흘려 가며 웃었대.

정말 울다가 웃을 일 아니야? 가난하지만 웃음을 잃지 않고 사랑을 지킨 그녀와 가족을 생각하니, 오늘날의 그녀의 자리가 당연한 거란 생각이 들어. 그녀도, 그녀의 가족도 서로 아끼고 격려하며 내일을 생각하는 사랑과 소망, 그리고 믿음이 있었으니까 말야.

자장면 곱배기

같은 곳을 바라본다 해도 딴 생각을 하면 정말 다른 느낌인 거 같아. 내게 심장이 멎을 듯 좋은 곳이 다른 이에겐 별로일 수도 있지. 여행지에선 좋은 사람과 함께 하거나 좋은 현지인을 만나면, 잊을 수 없이 좋은 곳이 돼. 음식도 좋은 사람과 함께 먹으면 아무리 값싸다 할지라도 어떤 비싼 음식보다 맛이 있지. 제주도와 우도, 마라도를 5박 6일 여행한 내게 마라도의 자장면이 바로 그런 거였어.

제주도보다 우도가 인상적이었고, 우도보다 마라도가 기억에 남아. 작지만 왠지 큰 공간, 특히나 바다와 맞닿아 있는 마라도 분교에 촉촉한 비가 내리던 풍경은 잊혀지지 않아.

 아, 우리나라에 이렇게 아담하고 이쁜 바다가 있었구나. 이곳의 학생들은 참 좋은 풍경을 일상으로 지내는구나. 하지만 학생수가 두 명이란 소리를 듣고 안타까웠어. 좀더 많은 친구들과 이곳에서 어울려 지내면 좋을 텐데 하고 말야. 잠시 짬을 내서 간 거라 마라도에서 1박이라도 하지 않은 것이 못내 아쉬워.

 너도 기억하지? 내가 마라도에 와서 첨으로 한 일! 휴대폰으로 너에게 전화를 걸었잖아. 그 먼 곳에서도 전화감이 그렇게 좋다니 정말 놀라웠어.

 친하게 지내는 사람들에게 "여기 어딘 줄 알아? 마라도야, 마라도!" 하며 전화를 돌릴 때의 작은 재미처럼, 여기엔 또 하나의 즐거움이 있었어. 바로 먼 곳에서 맛보는 자장면의 달콤한 맛!

 이곳에 도착하니 자장면 광고를 붙인 승합차가 서 있었어. 그리고 순박한 말투로 "자장면 드시고요, 무료로 섬 구경시켜 드립니다"라고 하는데, 마다할 이유가 없었어. 자장면 한 그릇은 그렇게 여행객들에게 솔솔한 재미였어.

 돌아오는 배에서 철썩거리는 파도 소리를 들으며 네가

들려준 자장면 이야기를 기억해 냈지. 익숙하지만 같이 먹으면 더 맛난 자장면 말야.

노숙자들에게 1만원이 생기면 무엇을 하고 싶은가를 물었는데, 가장 많은 대답이 '자장면 한 그릇 먹고 싶다'였다는 거… 참 찡하더라. 그런 분들에게 자장면 한 그릇 대접하고 싶다—그런 바람을 아는 것처럼, 소외된 이웃을 위해 무료로 자장면을 제공하는 '움직이는 자장면집'이 있다는 너의 말은 참 신선했어. 마치 눈으로 본 것처럼 말야.

그 따스한 자장면 한 그릇을 먹기 위해 두 시간을 걸어왔다는 노인의 설레는 모습, 우두커니 천장을 쳐다보는 게 일과라던 노인이 입에 가득 춘장을 묻혀 가며 해맑게 웃는 모습… 어린아이와 같은 눈빛으로 침을 꼴깍꼴깍 삼키며 자장면 곱빼기를 기다리는 모습들에서 대수롭지 않다고 생각할 수 있는 자장면 한 그릇의 큰 위력을 보여주는 듯했어. 물론 너의 입담도 리얼했고.

"너무 맛있어요", "고마워", "잘 먹었어요"… 이런 한 마디에 휴일을 반납한 중국 음식점 주인의 얼굴에 웃음이 번졌다는 얘기를 들을 때, 자장면은 이미 단순한 요기 거리가 아니었어. 예전의 주인에게 자장면은 그저 생계를 위한 단순한 상품일 수도 있었겠지만, 이젠 아니지. 자장면은 배고픈 사람들의 허기를 달래 줄 수 있는 너무나 고마운 음식이고, 추억이라는 생각이 들더라.

자장면 한 그릇의 큰 힘을 보고, 사랑과 베품은 크고 대단한 곳에서 시작되는 것이 아니라는 것을 절감했어. 작은 마음에서 모아져 주변이 변하고, 세상이 달라질 수도 있다고 믿어. 환경이 나를 시험할 수는 있어도, 내 삶의 1%를 나눌 수 있는 마음과 내 중심을 지키며 하루를 살아간다면, 충만한 행복을 가진 자가 될 수 있으리라 믿어. 사랑 듬뿍 담은 자장면 한 그릇이 내게 말해 주고 있어. 그 믿음은 계속 될 거라고 말이야.

고등어 자반

 내가 기자 친구에 대한 얘길 했던가? 오늘은
그 친구에게 들은 애길 하나 해줄게. 그 친구가 며칠 전
부터 피천득 선생님께 놀러 간다고 그리 설레어했었는
데, 어제 다녀왔다고 해. 이런저런 이야기를 듣고 내심
부러워하다가 재미난 이야기를 들었어.

선생님 댁에 가면 '난영'이란 인형이 있대. 그 인형에
게 옷도 입히고 친구 인형까지 만들어 놓으셨다고 해. 선
생님은 딸을 지극히 사랑하시는데, 미국에 살고 있기에
자주 못 보시는 아쉬움을 이 인형에게 담고 있는 듯했대.
선생님 따님이 예순, '난영'이란 인형도 예순. 딸에게 사
다 준 인형이자 갖고 논 인형이 이제는 딸의 자리를 지켜

주고 있는 듯했다고 말이야. 아버지와 딸의 사랑… 참 애
뜻하지? 그 친구가 그러더라. 『인연』이란 책을 보면 이
이야기가 나와 있다고. 그래서 난 당장 서점으로 달려가
서 『인연』을 사서 꼼꼼히 읽었는데… 참 부럽더라.

얼마 전 넌 내게 출생의 비밀(?)을 이야기했지. 머리
부터 나와야 할 네가 거꾸로 나와 어머니는 밤새 고생을
하셨다고. 문제는 어머니가 몸이 약해서 수술조차 힘든
상황이기에 의사 선생님께선 말씀하셨다지.

"애를 살리실지, 애 엄마를 살리실지… 결정을 하셔야
겠습니다."

그때 너의 아버지는 잠시 생각하시고는 깊고도 짧은
한숨을 쉬고서 각서를 썼다고 했어. 아이는 죽어도 좋으
니 아내라도 살려 달라고 말야. 근데 신기한 건, 배 속의
네가 그 이야기를 듣고 살고 싶었는지 쑤~욱 하고 나와
버렸다고…. 평소엔 너와 별로 말도 나누지 않는 아버지
가 술을 드시면 가끔 네게 미안하단 말을 하는 건, 그때
의 기억 때문이라고 말야. 그 이야기를 하던 네 눈빛이
아직도 아련하다.

TV에서 그때의 네 모습을 기억나게 하는 어떤 부녀의
이야기가 나왔어.

어머니랑은 친구처럼 잘 지내는데, 아버지와는 별로 대화할 시간도 없고, 같이 있는 시간도 어색하기만 했었대. 경상도 출신의 아버지는 참 무뚝뚝하고 목석 같은 분이라는 거야. 아버지가 무슨 생각을 하시는지 도통 알 수가 없었다는군.

어느 날 저녁에, 고등어 자반이 밥상에 올려져 있었대. 그녀는 좋아하는 자반과 밥을 정신없이 먹고 있었고, 평소처럼 아버진 아무 말씀도 없으셨대. 그냥 묵묵히 부녀가 상을 같이 한 거지.

밥이 얼마 남지 않았을 때, 그리고 젓가락이 자반으로 갔을 때, 그녀는 보고야 말았대. 맞은편에 있던 아버지의 젓가락이 자반으로 갔다가 얼른 바로 옆의 반찬으로 옮겨 가던 걸 말야. 몇 년이 지나고 시집을 가고 나서야 그녀는 알았대. 자기처럼 아버지도 자반을 아주 좋아했다는 걸 말야.

아버지는 그렇게 보이지 않게 사랑하고 있었던 거야. 어머니의 사랑처럼 친근하고 자주 드러나는 게 아니라서 모르고 있었을 뿐이지. 남자는 사랑을 다 표현하는 게 아니니까 조금은 우리가 이해해 드리자. 표현하지 못한 가슴은 어떻겠니? 네게 그렇게 말하고 싶구나.

발렌타인 초콜릿

신혼인 어린 후배가 낯간지러운 이야길 들려줬어.

"퇴근길에 손잡고 주차장을 걸어오며 내가 사랑한다고 하니까, 그가 얼만큼 사랑하냐고 묻는 거예요. 그래서 검지의 손톱을 가리키며 '온 세상에 요만큼 빼고 사랑해'라고 하니 그냥 웃어 버리대요. 소리없는 웃음이었지만, 분명 그 웃음은 '나도!'라는 대답이었을 거예요. 그렇게 믿고 싶었죠. 눈짓 하나 손짓 하나만으로도 행복한 지금의 내가 영원하길 바라면서요…."

이런 낯간지러운 애길 들어준다는 건 생각보다 많은 인내심이 필요해. 본인은 행복하겠지만, 상대방은 괴롭지. 표현은 못해도 표정이 일그러지는, 그런 묘한 대화의 사이엔 두 가지가 흐르지. 막연한 사랑에 대한 부러움이든가, 아니면 '내가 사랑을 하면 더할걸?'이라는 자기를 높이려는 심리. 나? 난 그 둘 사이의 중간 정도라고 해두지. 아무튼 사랑해서 행복한 이들에게 우린 묘한 감정보다는 배우려는 자세가 필요해.

그 후배가 남편의 마음을 사로잡은 사건을 이야기해줄게.

그녀는 지금의 남편, 그때는 좋은 감정을 가지고 있는 남자 선배였던 그를 위해, 세상에 태어나 처음으로 초콜릿을 만들어 보았다더군. 음식이라고는 밥과 김치찌개밖에 할 줄 몰랐던 그녀에게 초콜릿을 만드는 것은 대대적인 사건이었지. 그녀는 물어물어 재료상을 찾았고, 이것저것 살펴보았지만 도무지 초콜릿 만드는 법은 알 길이 없었다더군.

발렌타인 주간이라 그랬는지, 사람들이 생각보다 많이 북적거려서 직원들조차 이야기를 붙이기가 힘들었대. 그래서 옆에서 물건을 고르고 있던 한 착해 보이는 분께 물었더니, 자기도 이번이 두 번째 만드는 거라고 하면서 쉽게 만드는 법을 가르쳐 주더래.

그녀는 집으로 돌아와 과연 해낼 수 있을까란 걱정 반

기대 반으로 부엌을 들락거렸대. 그래도 식구들의 눈총을 받아 가며 결국엔 장미가 한가운데 쏘옥 박혀 있는 아주 큰 하트 모양의 초콜릿을 만들었다더라. 물론 맛을 위해서 헤이즐넛 맛이 나는 캐러멜도 속에 듬뿍 넣었고, 식구들과 나누어 먹으라고 작은 하트 모양의 초콜릿을 같이 만드는 배려도 잊지 않았대.

초콜릿은 중탕이 중요하다더군. 냄비에 볼을 얹고 커버째 초콜릿을 조심스럽게 녹이는데, 절대 물이 들어가면 안 된다는 거야.

그녀의 이야기를 듣는데, 나는 아직 정성이 부족해 결혼을 못했나 싶더군. 그녀는 그렇게 만드는 초콜릿은 아주 간단하다고 했지만, 내겐 무슨 경제학 시험을 치루는 것과 같이 어렵게 들렸지.

아무튼 그녀의 핸드메이드 초콜릿에 그 남자 선배는 입을 다물지 못했고, 세상에 태어나 받아 본 최고의 선물이라며 감격했대. 금융계에 있던 그다운 멘트도 있었다지? "이건 정말… 1억과도 바꾸지 않을 거야"라고 말야.

물론 이야기를 들어 보니, 그 남자 선배는 이미 그녀의 매력에 빠져 있었더군. 하지만 그 초콜릿은 그녀에게서 평생 헤어나지 못하는 구실을 만들었던 거 같아. 그래서

그 두 커플은 아주 배아프도록 로맨틱하게, 지금도 알콩
달콩 살고 있어.

그런데 놀라는 건 지금부터야. 그녀의 두 번째 맞은,
그녀 말로는 '결혼하고 처음 맞는 발렌타인'은 더 가관이
더라. 들어 볼래?

발렌타인 초콜릿, 그 후

그는 발렌타인 데이 이후로 평생 그녀의 종이 될 것을 맹세했다고 하더군. 게다가 결혼하고 나서 더욱 넘쳐나는 그의 사랑 표현을 어찌나 그리 세밀하게 기억하던지… 놀라운 뿐이야. 아무튼 그녀는 이번에는 더 멋진 초콜릿을 만들려는 포부를 가지고 있더군. 그녀도 참 대단하지 않아? 남자친구 하나 없는 내게 이런 이야기를 풀어 놓다니 말야. 눈치는 없지만, 이쁘고 순수한 마음에 난 용서해 주기로 마음먹고 이야기를 계속 들었어.

올해에는 일일 강좌를 신청해 놓고, 한 단계 업그레이드시켜 '손으로 빚어 만드는 초콜릿'으로 테마를 정했대. 알뜰하기까지 한 그녀는, 요리 채널에 다니는 친구에게 재료들을 얻었다고 하더군. 두 번째 초콜릿은 처음보다 더 떨리고 힘이 들었다고 하더라. 선물은 감동을 주려면 해가 더할수록 힘이 더 드는 법이라면서.

이번엔 틀로 만들지 않고 손으로 만들어 좀 삐뚤빼뚤했다고 수줍게 웃으면서 폴라로이드 사진과 메모를 보여주더군. 나는 기절하고 말았어.

거기에는 노란 색 달에 초콜릿 색으로 눈과 입이 살짝 그려져 있었고, 아주 조그만 소꿉장난 같은 밥그릇과 국그릇, 수저와 반찬 몇 개가 있었어.

그리고 그녀가 좋아하는 커피잔과 둘이 가끔 즐긴다는 와인 한 병, 그리고 의미를 알 수 없는 네모난 물체 두 개와 큰 주사위가 있었지.

놀랍게도 이게 다 초콜릿으로 만든 거라지 뭐야!

그리고 고심한 흔적이 보이는 메모에는 이렇게 적혀 있었어.

해와 달 : 같이 아침과 저녁을 맞이할 수 있어서 행복해요.

밥상 : 당신과 살면서 한 끼의 정성스런 식탁을 더… 만들어 주고 싶어.

커피와 와인 : 같이하는 티타임이… 몇 병의 와인을 같이 할 수 있을까 생각하면 기쁘기도, 벌써부터 센치해지기도 해요.

주사위 : 내 인생을 당신에게 던져 버렸다….

성경책과 세계 지도 : 말이 필요없는 소중한 그것이며, 끝으로 내게 사랑할 수 있는 행복을 준 당신과 당신을 내게 보내 주신 하나님께 감사드립니다.

그 메모는 어마어마한 폭탄처럼 내 심장을 때려 버려서 며칠은 그 충격에서 헤어 나오지 못할 것 같아.

친구, 병문안 선물로 내가 좋아하는 유럽식 꽃다발 하나 보내 주지 않을래? 절대 초콜릿은 보내지 말아라. 미리 당부해 놓을게.

커피 없이는 못 산다는 너에게

위장병을 앓으면서도 커피가 건강에 해롭지 않다고 말하는 널 보면, 이건 어리석다고 해야 할지, 굳건하다고 해야 할지 모르겠다. 넌 마치 사랑해서는 안 될 존재를 사랑하는 비련의 여주인공 같아. 넌 정말 위험한 사랑을 하고 있는 거야. 커피와 말야. 그런 널 위해서 내가 커피 마시는 방법에 대한 글을 스크랩해 봤어. 글의 원문을 찾아보는 것도 색다른 재미인 거 같아.

커피를 마시는 방법에 대하여 – 무라카미 하루키

내가 정말로 마음에 들어했던 것은 커피 맛 그것보다는 커피가 있는 풍경이었는지도 모르겠다고 지금은 생각한다.

　때로 인생이란 커피 한잔이 안겨다 주는 따스함의
문제—라고 리차드 브로티간의 작품 어딘가에 씌어
있다.

여기서 마음에 드는 구절은 '때로 인생이란 커피 한잔
이 안겨다 주는 따스함의 문제' 란 부분이어서 리차드 브
로티간(Richard Brautigan)의 작품을 살펴 보았지. 그 작
품에서 커피는 이렇게 그려져 있었어.

　한 남자가 있고 한 여자를 짝사랑하고 있었대. 하지만
그녀 앞에 서면 할 말을 잃고 "커피 한잔 줄래?"가 전부
였지. 그것이 그가 할 수 있는 최대한의 말이었다는 거
야. 아마 그가 정말 하고 싶었던 말은 "너랑 커피 한잔
하고 싶어!"였을 텐데 말이야.

한 애교 많은 후배에게 좋아하는 오빠가 있었어. 그 후
배는 내게 말했어. "오빠는 커피를 참 잘 타요… 그 커피
맛은 잊을 수 없어요…." 마치 꿈을 꾸고 있는 듯했지.
가끔 그가 타주는 커피는, 어떤 커피보다 맛있고 너무 행
복하다고. 커피를 다 마시면 헤어져야 하기 때문에 항상

커피를 천천히 마신다고. 그 귀여운 후배에게 커피는 아마도 사랑이고, 행복일 거야.

안타깝게도 난 텅빈 가슴으로 원두 커피 한잔 내려마시고 있어. 네게 들은 '커피는 맘 속 안테나를 곧추 세우고 산책을 떠나게 해준다'란 말을 떠올리며 말야. 커피 한잔을 마시면 파리, 베니스… 원하는 그 어느 곳에라도 갈 수 있다고. 화성, 금성, 목성… 달이라도 말야. 같은 시간이지만 다 같은 시간은 아니라고. 때로는 직접 가보는 것보다 상상의 여행으로 그곳에 나를 데려다 놓는 것이 즐거울 수 있다고 말야. 그러면서 가끔은 커피와 다소 엉뚱한 책 한 권, 이 두 가지만으로도 세상을 다 얻은 것 같다고 말이야. 그런 점에서 너는 하루키가 좋아한 커피와 비슷하다는 생각이 든다.

그런데 나는 리차드 브로티칸의 글에 나온 커피가 더 그립다. 누군가를 만나고 싶은 건가? 어쩌면 지나치지도 않고, 모자라지도 않은 관심이 필요한 건지 모르겠어. 아무튼 오늘은 평소의 나답지 않게 먼저 전화를 걸어 볼까 싶어. "커피 한잔 어때요?" 하고 말야.

사랑을 닮은 와인

와인을 마실 수 있는 것은 큰 축복 중의 하나가 아닐까?

여자인 내가 '소주 마시고 있어' 하면 무슨 큰 시름에 빠졌냐고 물을 테지만, '와인 한잔 하고 있어' 하면 '아, 분위기 있는 여자군'이라고 생각할 거야, 분명히. 너도 알다시피, 난 한두 잔은 즐기지만 '부어라, 마셔라!' 하는 분위기는 질색이잖니. 특히 여러 명이 와인을 마시게 되면, 마치 술 많이 마시는 게 업적인양 하지는 않겠지. 그러기엔 와인의 레벨이 좀 높잖아? 하하. 게다가 하루에 와인 한잔은 혈액 순환에도 도움이 된다지?

이런저런 이유로 와인과 친해지는 건 그리 오래 걸리

지 않았어! 처음 만날 때 와인은, 산토리니 이야(Oia)의 카티키스 리조트의 절벽과 바다가 하나로 보이는 수영장처럼 내게 색다르고 어려웠지. 그 수영장에 발을 담그기 전에 '이게 대체 어떤 구조이길래 그렇게 멋지고 매력적인 찬사를 듣나' 하고 한참을 눈으로 보고 머리 속으로 생각했어. 와인의 첫 느낌은, 아주 매력적인 이성에게 다가가고 싶지만 거절당하기가 두려워 한 발짝 빼는 모습과 같았어.

"가끔은 미쳐 보는 것도 좋아!"란 한 친구의 묘한 말처럼, 나는 무방비 상태로 와인에 빠져 보기로 했지. 몇몇 기억에 남는 와인을 네게 소개하고 싶구나.

그중 하나는 왠지 호감이 가는 '74'란 뉴욕 스타일 레스토랑에서 마신 와인이야. 레드 융단의 느낌이 독특했던 방에서 마셨던 내 생일날의 은밀한 와인.

특히 그날의 희한한 예술 작품 같은 음식과 어우러진 '진판델'이란 와인은, 그 사람과의 관계와 같은 거였지. 만난 지 3개월도 채 안 되었기 때문에 호감이 가면서도 알 듯 모를 듯한 이성의 교감 같은 거, 그러면서 호기심이 잔뜩 들어 있는 상태 말이야.

진판델은 아주 고급스런 와인은 아니지만, 그런 쑥스

러움과 오묘함이 깃들어 있었어. 들은 얘기론, 그 와인의 특징은 적포도를 화이트 와인 숙성법으로 만드는 데 있다는군. 화이트 와인이면서 레드 와인이기도 하다는 것이지. 그건 마치 남자이면서도 여자인 듯한 거였어. 이상하게도 난 그 이후로 쭉 화이트 와인을 마시면 남자를 마시는 것 같고, 레드 와인을 마시면 여자를 마시는 거 같았는데, 진판델의 복합적인 맛은 그 묘한 쑥스러움을 주기에 충분했지.

또 하나는, 한 특급 호텔의 매니저에게 들은 이야기야. 비즈니스 미팅으로 들렀다가 그곳의 매니저에게 의외의 재미난 이야기를 전해 들었어.

그곳은 사방이 와인 냉장고로 둘러싸인 곳인데, 가운데 식탁이 다소 정직하게 턱 하니 놓인 모습은 신선했지. 그 식탁의 가운데에 다소 조심스럽고 운치 있게 놓여 있는 와인은 676만원이나 하는 거금의 와인이었어.

내가 그걸 마셨냐고? 물론 아니지. 나는 그냥 설명에 따라 이미 다른 많은 사람의 손을 거쳐 간 와인의 라벨만 조심스럽게 만져 보았을 뿐이야.

재미있는 것은, 그 와인은 와인에 조예가 깊은 매니아가 마시는 것이 아니라, 그 옆에 있는 카지노에서 거액의

돈을 잃고 분한 마음에 오는 카지노 고객에게 무료로 제
공되는 와인이라는 거야. 값비싸나 그들에겐 소주와 같
은 술이라는 거지.

진정으로 와인의 맛을 아는 사람은, 품질도 좋고 가격
도 저렴한 칠레산 와인을 선호한다고 하네. 나는 칠레산
와인을 보면, 객관적인 조건으로는 미달이지만 그래도
끌리는 이성 같다는 생각이 들어. 포장이 사람과의 관계
에서 소홀히 할 수 없는 멋진 부분이긴 하지만, 남녀 관
계에서는 칠레산 와인과 비슷하게 상당히 주관적인 부분
에 끌린다는 거지.

친분이 있는 한 선배는 인중이 짧은 여자에게 매력을
느낀다고 하더군. 정말 모호하고 해석하기 힘든 이상형
이었고, 소개팅을 해주기로 약속한 나는 아직도 그 애매
한 이상형을 해석중이지. 친구의 인중 길이를 재보고 짧
다는 생각이 들면 내게 메시지를 넣어 줘. 하하. 그렇게
와인은 알 듯 모를 듯한 남녀의 관계와도 같다는 생각이
들어.

또 하나 기억나는 와인은, 그리스 산토리니에서 맛보
았던 수공업으로 만든 와인이야. 그곳에서만 맛볼 수 있
는 디저트 와인인 '빈산토(Vinsanto)'란 와인이지. 산토

리니의 피라(Fira)에서 와인 팩토리를 방문해 지하 동굴처럼 만들어 놓은 그곳을 구경한 다음 시음해 보고 반한 와인이야.

왜 내가 무리하면서까지 짐 속에 챙겨 와서 너에게 맛보라고 한 와인 있잖아. 처음엔 네가 "조금만 따라 봐" 하더니, 나중엔 홀짝 다 마셔 버렸잖아. 덕분에 그 와인을 먹어 본 사람이 아마 너밖에 없었지? 만약 내가 감당할 수만 있다면, 그곳 와인의 절반이라도 가져와 주변 사람들에게 한잔씩 돌리고 싶은 심정이었어. 그 맛은 너도 말했듯이 아주 달콤하면서도 질리지 않는 맛이었는데, 아마도 연애 초기의 가슴 설레는 그 맛이 아닌가 싶어. 아, 그 와인, 다시 마시고 싶다….

와인의 기억에 대해 꼽으라면 너무 길 것 같아 다 쓰진 못하겠어. 다만 난 오늘부터 와인 일기를 쓰기로 했다는 것만 알려 둘게. 와인과의 대화… 그러다 보면 어느새 나의 인생도 와인처럼 깊어지겠지? 그러면 줄이고 싶은 나이도 오히려 당당하게 와인의 빈티지처럼 말할 수 있을 거라 자신해. 깊어지는 와인의 맛처럼 말이지. 열아홉 살의 소녀 같은 보졸레누보랑은 비교할 수 없는 내 인생의 맛이 느껴지지 않니? 후후.

　나는 와인 일기와 와인 코르크를 모으기로 마음먹었
어. 재미있는 것은 코르크 마개에 와인 색깔이 밴 모습을
보노라면 사랑이 끝난 뒤의 여운이라고 할까, 이별 후에
오는 사랑의 흔적이라고나 할까… 뭐 그런게 느껴지더
라. 어떤 사람은 술을 마시고 모아 두었던 코르크를 하나
씩 커터로 파서 조각하더라고.
　이런 모습을 보면 "사랑하는 순간 모든 것이 창조된
다. 나의 모습도…. 나의 모든 것을 바꾸어 놓을 수 있는
게 사랑이다"란 문구가 생각나곤 해.
　내가 와인을 계속 마시고 좋아하는 것은, 와인이 사랑
의 여러 모습과 닮아 있기 때문이 아닌가 해. 나의 억지
일지는 모르지만, 와인은 내게 사랑 같은 거야.